Claudia Herber • Beim (Ein)topf bleibt es nicht

AF210998

Claudia Herber

Beim (Ein)topf bleibt es nicht

Eine außergewöhnliche Autobiografie
in Kurzgeschichten –
zum Vorlesen auch für Menschen
mit Anfangsdemenz geeignet

FRIELING

Bibliografische Information der Deutschen Nationalbibliothek
Die Deutsche Nationalbibliothek verzeichnet diese Publikation in der Deutschen Nationalbibliografie; detaillierte bibliografische Daten sind im Internet über http://dnb.d-nb.de abrufbar.
© Frieling-Verlag Berlin • Eine Marke der Frieling & Huffmann GmbH & Co. KG
Rheinstraße 46, 12161 Berlin
Telefon: 0 30 / 76 69 99-0
www.frieling.de

ISBN 978-3-8280-3611-6
Auch als E-Book erhältlich (ISBN 978-3-8280-3612-3).
1. Auflage 2021
Umschlaggestaltung: Michael Reichmuth
Umschlagfoto: Claudia Herber
Illustrationen: Severin Klisch
Sämtliche Rechte vorbehalten
Printed in Germany

Inhalt

Vorwort – Dankeszeilen   9

Alltägliches
Buon appetito, hübsche Dame!   11
Danke, blonde Lottofee!   13
Beim (Ein)topf bleibt es nicht!   15
Friseur im Dorf – Dorffrisur   17
Erlebnisse eines Zeitungsausträgers   19
Wer wird denn gleich in die Luft gehen!   22
Welche Nummer hat unser Gefrierfach?   24
„Was bin ich?"   26
Bügeln – wie fällt mir das schwer!   28
Eine Aussteuer für später   30
Stammtisch statt Kirche am Sonntag   32
Fußball spielen im Kleinen!   34
Dorfleben – Leben im Dorf   36
Gummibund-Unterwäsche   39
Glatt gebohnert – Vorsicht!   41
Die Postkarte feiert Geburtstag!   43
Schlimm, wenn der Fernseher streikt!   45

Frühjahr
Brennnessel-Spinat – würzig und fein!   47
Warum ist es vor Ostern so still?   49
Ostern und 1. April – kein Aprilscherz   51
Eine Bowle im Mai – Maibowle   54
Haben Sie den Fischmann gesehen?   56
Flieg, Maikäfer, flieg!   59
Der Komposthaufen   61

Selbst ist die Frau! 63
Der Teppichklopfer 65

Sommer
Hitzefrei – die schönste Schulzeit! 67
Luftballone kennen keine Grenzen! 69
Spielende Kinder – Kinderspiele 71
Letzter Schultag vor den Ferien – Schulzeugnisse 74
Ein Besuch stellt alles auf den Kopf! 76
Mollig warm! 78
Hallo Whisky! 80
Trachtenverein – Tanzen im Reigen! 82
Dem Himmel entgegen! 84
Rollschuh laufen – neu und alt! 87
Der Rosenkavalier 89

Herbst
Hagebutten – loss et jucken! 91
Mit (Ver-)Laub 93
Spardose – dein Einsatz! 95
Bücher aus der Gemeindebücherei – kein Einerlei 97
Weidmannsheil! – Weidmannsdank! 100
Sauerkraut aus dem Topf 102
Federweißer und Zwiebelkuchen 104
Deftig, heftig – so mag ich dicke Bohnen! 107
Stricken – eine links, eine rechts … 109

Winter
Eine Schneeballschlacht ist lustig! 111
„Darf ich bitten?" 114
„Der Zoch kütt!" – Rosenmontag 116
Not macht erfinderisch! 118
Der Weckmann mit Pfeife – Nikolaustag 120
Barbaratag bringt Glück ins neue Jahr! 122

Regentage – Segenstage   124

Post zu Weihnachten im Dorf!   127

Silvesterfeier im kleinen Kreis   129

Berliner – oh, wie lecker!   131

Ich freue mich unendlich, Ihnen mit diesem Werk ein Buch zu präsentieren, das eine außergewöhnliche Autobiografie meiner Kindheit in Kurzgeschichten erzählt. Jedes Erlebnis ist eine Geschichte für sich. Gerade in den Corona-Monaten wurde mir beim Schreiben wieder bewusst, wie einfach doch unser Leben auf dem Land war, was der Fröhlichkeit und der Zufriedenheit der Bewohner keinen Abbruch tat. Dass diese Geschichten so lebendig sind, um sie auch Menschen mit Anfangsdemenz vorzulesen, habe ich bereits mit einer imposanten Auswahl erfahren, die ich im Seniorenheim „Margaretenhöhe" in Bergisch-Gladbach vorlesen durfte.

Daher gilt mein erstes Dankeschön den Bewohnern des Seniorenheims „Margaretenhöhe" und Herrn Willi Potthoff, der dort seit 40 Jahren regelmäßig mit ihnen gemeinsam singt. Er ist es auch, der mir seit 2010 in einem zwei Monatsrhythmus die Möglichkeit gibt, viele Texte dieses Buches (zwei pro Veranstaltung) zwischen den Liedern vorzulesen. Ihm und den Bewohnern danke ich für das positive Echo und ihm im Besonderen für die wertvollen Anregungen.

Einen weiteren Dank möchte ich den Inhabern des Kreativhauses in Morbach-Hinzerath/Hunsrück widmen. Das Paar, Frau Bruni Kluss und Herr Rüdiger Luckow, waren es auch, die mir erlaubten, in ihrem Wohnhaus gleich neben dem Kreativhaus-Café ihren historischen Kochherd zu fotografieren. Frau Bruni Kluss war darüber hinaus noch als Fotomodell mit den Küchenutensilien tätig, das alles lässt die Zubereitung des wöchentlichen Eintopfs wieder gedanklich aufblühen.

Dem Frieling-Verlagsteam, dem Verlag meines Vertrauens, möchte ich ebenfalls danken und ein großes Lob aussprechen, für die vielen freundlichen Hinweise und die stete Unterstützung. In den zehn Jahren unserer Zusammenarbeit konnte ich bereits drei Bücher veröffentlichen und darüber hinaus in den Anthologien des Verlages mit vielschichtigen Beiträgen meine Autoren-Vielfalt zum Ausdruck bringen. Ich freue mich, dass das Verlagsteam auch bei diesem Buchprojekt seine wertvollen Erfahrungen hat einfließen lassen.

Die Grafikerin, Frau Severin Klisch, ist eine treue Unterstützerin meiner Werke und hat bereits in meinen Büchern „Jedes Jahr fängt ein Jahr neu an" und „Samstags war Badetag" ihre künstlerische Vielfalt präsentiert. Umso mehr freue ich mich, Ihnen, Frau Klisch, zu danken für die erneute Zusammenarbeit und die Illustrationen, die Sie auf der Basis ausgewählter Kurzgeschichten erstellt haben.

Das Jahr 2020 war nicht nur für mich bei der Fertigstellung des Werkes ein sehr anspruchsvolles Jahr. Es war zugleich eine betrübliche Zeit, da ich aufgrund der Auflagen nicht nach Bergisch-Gladbach zum Vorlesen fahren durfte. Buchmessentermine für das Jahr 2020 wurden erteilt und wieder aufgehoben, sodass meine gewünschte Präsentation in Leipzig und Frankfurt auf das neue Jahr verlegt werden musste. Eine Lesung per Video konnte ich auf der Buchmesse Saar realisieren, die 2020 ihr Debüt feierte. Allen Unterstützern und Zuhörern in aller Welt danke ich vielmals für das Interesse und die Begeisterung für meine Werke. Und Ihnen – meinen Lesern und Leserinnen und die es noch werden wollen – gilt mein Dank nicht nur für dieses Buch, sondern für alle meine Werke und Beiträge. Ich hoffe, es ruft bei Ihnen ein erneutes, positives Echo hervor und lässt Sie die augenblickliche Lage und Einschränkungen leichter überwinden.

Herzlichen Dank!

Ihre Claudia Herber

Buon appetito, hübsche Dame!

Die 50er-Jahre brachten uns in Deutschland so manche Veränderung. Die deutsche Fußballmannschaft gewann die Weltmeisterschaft. Einige Familien konnten sich schon mal eine Reise in südliche Länder leisten. Firmen erlebten das erste Wirtschaftswunder mit Gewinn und suchten fleißig weitere Mitarbeiter. Das war der Start, mit dem die ersten Gastarbeiter in die deutschen Lande kamen. Männer und Familien aus Italien und Spanien brachten neben ihrem Fleiß auch ihre südliche Fröhlichkeit zu uns. Deren südländliche Küche mussten wir erst mal probieren. Nie werde ich vergessen, als ich die erste Pizza essen durfte. Ich war knapp zehn Jahre alt. An einem Sommer-Samstagabend sollte der Geburtstag meiner Schwester anders gefeiert werden. Statt selbst den Herd dafür zu nutzen, bestellte meine Mutter die Pizza bei dem Gastwirt in unserem Dorf. Zwei Pizzas mit Schinken und Zwiebeln, zwei andere mit Salami und Pilzen sollten für sechs Personen reichen. Zwei Flaschen Rotwein hatten wir dazu bestellt. Denn Pizza mit Wein von der Mosel zu essen, wäre nicht italienisch genug gewesen. Denn wir wollten ja ein typisch italienisches Essen! Dieses erste Mal war nicht nur für uns etwas Neues, auch die Pizzabäcker mussten noch lernen! Denn manche Pizza hatte einen zu dicken Teig und wenig Belag! Wir waren alle schneller satt als gedacht. Somit hielten wir uns mit der nächsten Bestellung noch etwas zurück, das war auch klar.

Nicht nur die Pizza war für uns etwas Neues, auch ein anderes Essen entdeckten wir schnell. Spaghetti und andere Nudelsorten ließen unsere Speisekarte anwachsen. Mit Hackfleisch-Tomaten-Soße übergossen, serviert mit geriebenem Käse, konnte so ein Essen manchen Hunger stillen. Hier musste nichts verbessert werden, Spaghetti liebten wir sofort. Das Einzige, worauf wir achten mussten, war, nicht zu viel davon zu essen! Denn diese Nudeln mit leckerer Soße und Käse brachten unser Körpergewicht zum Wachsen.

Mit einem anderen Genuss für heiße Tage konnten unsere italienischen Freunde alle begeistern, Klein wie Groß. Italienisches Eis –mhmm, wie lecker! Ich weiß noch, wie ich sehnsuchtsvoll das Eiscafé in der Kleinstadt, wo ich zur Schule ging, beobachte! Bei jedem Gang durch die Mosel-Stadt schaute ich zur Eingangstür. War die Tür traditionell nach Karneval offen, hielt mich meist nichts mehr. Damals waren meine Lieblingssorten Erdbeere und Schokolade. Im Frühjahr, Sommer und Herbst, wenn mein Geld reichte, ging ich dorthin. Die Zeit musste ich ausnutzen.

Stand dann 01. November auf dem Kalender, war die Eingangstür zur italienischen Eisdiele geschlossen. Drei Monate Urlaub, welche die Italiener nach vielen Eis-Stunden in ihrer Heimat verbrachten. Ich hatte dafür Verständnis und gönnte es ihnen von Herzen. Auch wenn es für mich eine lange Wartezeit war. Das ist es auch noch heute für mich!

Danke, blonde Lottofee!

Jeden Samstagabend zwischen dem allwöchentlichen Samstagabendprogramm, sei es die Sendung „Musik ist Trumpf" oder „Am laufenden Band", waren die meisten Zuschauer mehr als gespannt. Es gab dann eine kleine Unterbrechung, die viele ganz toll fanden. Zu sehen war eine nette Dame mit blonden Haaren, die ganz ernst, aber stets mit einem Lächeln in die Kamera blickte. Sie begrüßte alle Zuschauer zu der Ziehung der Lottozahlen. Mit den Worten „Der Aufsichtsbeamte hat sich vor der Sendung von dem ordnungsgemäßen Zustand des Gerätes und der 49 Kugeln überzeugt!" fiel der Startschuss. Die 49 Kugeln rollten über ein gläsernes Band in die Ziehungskugel und wurden dort eifrigst gemischt. Mit dem Druck auf einen Knopf ging das Gerät ein wenig zurück und die erste Kugel fand ihren Weg in den ersten, gläsernen Behälter. Die blonde Lottofee bestätigte die erste Kugel, eine Vier. Dann folgten noch fünf weitere Kugeln und am Ende fiel noch die Zusatzzahl in einen Behälter, der mit ein wenig Abstand in der Reihe stand. Während der Ziehung schaute mein Vater stets wie gebannt zwischen seinem Lottoschein und der Sendung hin und her. Er spielte jede Woche und hoffte stets auf das große Glück. Zwei Kästchen waren stets mit den gleichen Zahlen angekreuzt – Geburtsdaten und andere wichtige Nummern, die ihm zu seinem Glück verhelfen sollten. Zwei weitere wurden jede Woche wahllos angekreuzt.

Das Geld für den Lottoschein pro Woche war immer fest eingeplant. Wehe, wenn meine Mutter einmal vergessen hatte, den Lottoschein rechtzeitig abzugeben. Der Abgabetag für den Lottoschein, der Freitag, war genauso fest eingeplant wie das wöchentliche Baden. Da meine Mutter am Freitag zu einer Putzstelle in das Städtchen an der Mosel fahren musste, hatte sie stets den Schein in ihrer Tasche, den sie dann vorsorglich im Geschäft noch vor dem Mittag abgab.

Wie es der Zufall wollte, fand auch einmal die Glücksfee den Weg zu meinem Vater. Ausgerechnet an einem Wochenende, wo so viele Menschen fünf Richtige mit Zusatzzahl hatten, musste mein Vater gewinnen. Eine kleine Summe, ein paar tausend Mark, wurde ihm ausgezahlt. Auf der einen Seite war er glücklich über den Betrag. Auf der anderen Seite war er auch gleichzeitig enttäuscht, hatte er sich doch mehr erhofft. Den Gewinn legte er auf dem Sparbuch an, damals brachte es noch Zinsen. Die Familie, meine Mutter ausgenommen, wusste nichts von diesem Ereignis. So konnte er sicher sein, dass er das Geld für eine größere Anschaffung verwenden könnte. Jahre später erzählte er uns anlässlich einer kleinen Familienfeier davon. Wir waren überrascht und zugleich beeindruckt. Denn so ein Ereignis so lange für sich zu behalten, dazu gehört schon eine Menge Geduld und eiserner Wille; verbunden mit der Hoffnung, dass es auch mal ein größerer Gewinn sein könnte.

Beim (Ein)topf bleibt es nicht!

Das war das Standardessen für freitags und samstags in meiner Kindheit. Denn in diesen Tagen war der wöchentliche Hausputz angesagt. Wenn die Liste der Aufgaben immer länger war als die Zeit, die Mann oder Frau hatte! Da half er, der Eintopf – ein Topf mit einer Suppe – natürlich hausgemacht. Meine Mutter setzte ihn jede Woche auf den Speiseplan. Die Planung begann schon meist am Donnerstagabend – mit der Entscheidung: Welcher Eintopf soll es diese Woche sein? Linsensuppe – geht nicht, hatten wir schon vor einer Woche! Erbseneintopf – zu dumm, die gelben Trockenerbsen nicht im Haus. Dann muss es halt der Graupeneintopf sein. Am Freitagmorgen, zwischen Hausputz im Wohnzimmer und Esszimmer, fand das Kochen statt. Die Graupen, ebenfalls trocken gekauft, mussten vor dem Kochen erst eingeweicht werden. Nach zwei Stunden Einweichzeit ging es in der Küche weiter. Mit einer Fleischbrühe, Reserve von der letzten Schlachtung, wurde der Topf auf den Kohleherd gestellt. Das Brennholz wurde ständig nachgelegt, damit die Kochplatte die richtige Temperatur hatte, die Küche auch – bei Regen und Kälte draußen war dies ja ganz angenehm. Aber im Sommer – oje! Weitere Zutaten waren Möhren, Kartoffeln und kleine Lauchzwiebeln. Diese mussten geschält und geschnitten werden. Mundgerecht halt. Das war ganz schön zeitaufwendig, besonders wenn man so eingebunden war im Hausputz wie meine Mutter. Wie froh sie sein konnte, wenn Ferien waren und ich im Hause war. Die Hilfe in der Küche und beim Hausputz stand auf dem Stundenplan, den meine Mutter für mich vorsah. Das Einzige, was ich vielleicht noch wählen durfte, war die Arbeit. Eher Kochen oder Wohnzimmer reinigen. Da zog ich meist den Dienst in der Küche vor.

Waren die Zutaten fertig geschnitten, wurden nacheinander Kartoffeln, Graupen, Möhren und Lauchzwiebeln in die Brühe versenkt. Streng nach Kochzeit! Mit einem großen Holzlöffel rührte ich ab und an fleißig um, damit der Eintopf richtig gut wurde. Hatte meine Mutter noch eine

Reserve in der Haushaltskasse, gab es Mettwürstchen dazu. Sonst gab es eine Fleischwurst, in Stücke geschnitten, schmeckte auch, wenn auch nicht so würzig. Nach drei Stunden eifrigster Kocharbeit durfte ich zum Mittagessen bitten. Dabei war ich ganz schön gespannt und neugierig. Worauf? Auf das, was die Familie von meiner Kochkunst hielt. Meine Brüder löffelten eifrig die Suppe in sich hinein, ohne großen Kommentar. Mein Vater hatte keinen feinen Gaumen und salzte jedes Mal nach. Ihm war die Suppe stets zu lasch. Meine Schwester war kein Graupeneintopf-Esser und versuchte, sich an solchen Tagen vor dem Essen zu drücken. Als Beigabe zum Eintopf bot meine Mutter dicke Scheiben Brot an, oft sogar frisch gebacken von unserem Bäcker im Dorf. Die Brotscheiben waren immer schnell aufgebraucht. Denn sie machten nicht nur satt, sondern mit ihnen konnte man super die Teller reinigen. Keine Reste mehr zu sehen – kann es ein größeres Lob für den Koch oder die Köchin geben? Ich glaube nicht, oder was meinen Sie?

Friseur im Dorf – Dorffrisur

In meinen Kindheitstagen war ein neuer Haarschnitt wahrer Luxus nicht nur für uns Kinder, sondern auch für meine Mutter. Sie trug immer eine Dauerwelle und sie ließ sich diese in einem vornehmen Friseurgeschäft in Traben-Trarbach, der Kleinstadt in unserer Nähe, legen. Die Frisur meiner Mutter musste dann mindestens für zwei Monate halten. Für uns Kinder gab es dann den preiswerten Haarschnitt in unserem Dorf. Kinderhaare wachsen nicht viel schneller als die Haare von Erwachsenen. Unsere Eltern hatten dazu allerdings eine andere Meinung.

Was für ein Glück war es da, dass in unserer Straße ein älterer Herr, Emil sein Name, sich zwischen Haus und Abstellraum eine kleine Friseurstube eingerichtet hatte. Mit zwei Waschbecken und den passenden Friseurstühlen. Mit einem großen Spiegel gegenüber konnten wir dem Friseur bei der Arbeit zuschauen. Doch viel zu schauen gab es fast nie. Der Haarschnitt war einfach und jedes Mal gleich. Ich war mehr als unglücklich, wenn ich mich nach Emils Arbeit im Spiegel betrachtete.

Mit dieser Frisur war ich öfter dem Gerede meiner Mitschüler ausgesetzt. Sie hatten sich beim Betrachten meines Kopfes auch einen Spitznamen für mich ausgedacht: „Pisspott-Schnitt"! Sie lachten – mir verging das Lachen! Stellen Sie sich dies bloß mal bildlich vor – ein sauberer Pisspott umgestülpt auf meinem Kopf! Die Schere in der Hand von Emil, dem Friseur, der meine Haare, die über dem Pisspott herausragten, abschnitt. Fertig die Dorffrisur! So ging es viele Jahre – auch später, als meine Mutter statt Emil eine andere Friseurin, die zu uns ins Haus kam, mit meinem Haarschnitt beauftragte. Keine Änderung im Vergleich zu meinen Klassenkameradinnen, das zeigen heute noch einige Fotos von den Klassenfahrten.

Mit dem Beginn meiner Ausbildung in einer Weinkellerei und damit auch mit dem ersten selbst verdienten Geld ging ich dann mit Eifer auf die Suche – nach dem Friseur, dem ich nicht zu erklären hatte, wie ich meine Haare geschnitten haben möchte, sondern der mir von selbst empfahl:

„Damit hätten Sie einen für Sie passenden Haarschnitt!" Aber diese zu finden, war dennoch nicht einfach! Erst im Jahr 1985 gab es die Rettung. Eine neue Mitarbeiterin in der Exportabteilung der Weinkellerei, die in der Nähe von Trier wohnte, betrat eines Morgens unser Büro. Ich staunte und fragte. „Toll, wie Sie aussehen, welcher Friseur in Trier hat dieses Werk vollbracht?" Und ich staunte noch mehr, als sie mir die Adresse ihres Friseurs nannte. Nicht Trier, nein, ein Nachbardorf von Traben-Trarbach hatte es sich zur Aufgabe gemacht, die Kunden zu beraten. Und das mit Erfolg! So etwas wollte ich für mich auch und ich vereinbarte einen ersten Termin. Ich fuhr hin und war danach mehr als zufrieden. Diese Zufriedenheit hielt eine lange Zeit an – mehr als 30 Jahre, in denen ich zwar von meinem Geburtsort nach Frankfurt umzog, aber dennoch immer zu diesem Friseur fuhr. So eine Treue von drei Jahrzehnten – welcher Friseur kann das von sich behaupten?

Erlebnisse eines Zeitungsausträgers

Schon als Kind wollte ich mir ab und an etwas zu meiner Freude gönnen. Doch von was, wenn die Familie sehr streng sparen musste? Eine kleine Beschäftigung, passend für mein Alter, zu finden, war auf unserem Dorf nicht gerade leicht. Welch ein Glück hatte ich damals, als die wöchentliche Werbezeitung „Wochenspiegel" in unserer Region das Neuste von Verkauf und Festen in jeden Haushalt liefern wollte und es auch tat. Eine Nachbarin war es schließlich, die den Verantwortlichen vom Verlag bei uns vorbeischickte, und mit der Unterschrift meines Vaters übernahm ich anfangs zusammen mit meinem Bruder den Lieferdienst. Am Mittwoch, sehr früh, wenn alle Rollläden und Vorhänge im Dorf noch geschlossen waren, wurden die Zeitungspakete auf unsere Fußmatte gelegt. Noch im Morgenmantel gekleidet, nahm meine Mutter meist die Lieferung in Empfang. Während ich in der Schule meinen Aufgaben nachkam, bereitete meine Mutter die Lieferung vor, sprich die Aufteilung zwischen den Dorfteilen Beuren und Irmenach plus Irmenach-Höhe. Dort waren ein paar Aussiedlerhäuser, sie lagen 400 Meter oberhalb des Dorfrandes. Im Sommer war die Fahrt dorthin eine richtige kleine Fahrradtour. Doch der Winter vermochte sogar mir die größte Energie zu rauben, wenn hohe Schneeberge und Schneeverwehungen einen trockenen Gang unmöglich machten.

Die Auslieferung im Sommer war mit meinem Fahrrad möglich. Zu diesem Zweck band ich zwei Satteltaschen, je links und rechts vom Gepäckträger eine, ans Rad. Reichte der Platz nicht aus, wurde auf den Gepäckträger noch ein Korb gebunden und mein Rucksack musste auch noch ran. Ein Zeitungsträger in unserem Dorf musste schon Fantasie mitbringen – Sie fragen warum? In meiner Kinderzeit waren Briefkästen erst im Kommen und nicht überall vorhanden. Auf den Bauernhöfen ersetzte schon mal ein Gitter oder eine Fensterspalte diesen Zweck. Im Laufe der ersten Monate meiner Tätigkeit hatten sich viele Familien meine

Lieferzeiten notiert. Ein älterer Bauer, der sonst nicht mehr viel zu tun hatte, stellte sich am Mittwochnachmittag an den Gartenzaun und nahm mich in Empfang mit den Worten: „Da bist du ja endlich – hast du auch die Zeitung für uns dabei?" „Ja, das habe ich!" Bei Regen und Schnee stand der Bauer natürlich nicht an der Tür, aber mit dem Betreten des Grundstücks öffnete er mir dann die Haustür.

Ging es auf Weihnachten zu, war auch eine Süßigkeit nicht weit. Denn die Hausfrauen backten oft Weihnachtsplätzchen in der Adventszeit, und wenn ich Glück hatte, bekam ich schon mal die eine oder andere Kostprobe geschenkt. Mhmm, wie lecker! „Wäre das nun öfter so?", waren da meine Gedanken.

Der Lohn für das Zeitungaustragen wurde vom Verlag auf das Konto meines Vaters überwiesen. Beim nächsten Bankbesuch zahlte meine Mutter dann je die Hälfte des Lohns auf das Sparbuch meines Bruders und von mir ein. So sammelte sich schon ein kleines Guthaben an, das ich für den Kauf eines Buches, einen kleinen Ausflug oder kleine Ferienfreuden verwenden durfte – aber immer nur mit der Genehmigung der Eltern.

Der Verlag zahlte am Jahresende einen Sonderlohn, wenn wir uns neben unserer Tätigkeit als Zeitungsausträger auch bereit erklärten, das Jahrbuch des Verlages an die Leser zu verkaufen. Der Lohn für diese Arbeit war hart verdient und zugleich die schwierigste und zeitaufwendigste Aufgabe, gerade im Spätherbst bei Regen und Schnee. Bepackt mit zwei Einkaufstaschen klingelte und klopfte ich von Haus zu Haus. Mit einigen Hinweisen über den Inhalt konnte ich schon mal das eine oder andere Buch verkaufen. Das Ergebnis: ein verkauftes Buch = 1,50 DM für mich! Super! Geknickt und enttäuscht war ich, wenn die Bewohner gar nicht öffneten oder bei meinem ersten Satz die Tür schlossen. Dann musste ich hartnäckig sein, denn nur Hartnäckigkeit zahlte sich aus. Wie heißt es im Volksmund so schön? „Ohne Fleiß kein Preis!"

Wer wird denn gleich in die Luft gehen!

Hatte man mal Ärger oder Stress, ob in der Familie oder auf der Arbeit, war dieser Satz ein beliebter Trost. Sie erinnern sich doch auch – sicher auch an Bruno!

Wer ist Bruno? Nun, der Vorname dieser berühmten Zeichentrickfigur dürfte so manchem nicht geläufig sein – die meisten kennen Bruno wohl eher unter dem Namen HB-Männchen. Jetzt erinnern Sie sich sicherlich!

Und ich mich auch! In unserer Familie und im Bekanntenkreis kam dieser Spruch schon mal öfter zum Einsatz. Mein Vater war an sich kein Mann, der heftig reagierte. Heute erinnere ich mich noch an eine bestimmte Szene. Es war ein heißer Sommertag, nach dem Mittagessen. Der Nachbar von gegenüber ruhte und mein Vater auch. Kurz nach drei waren beide wieder für den Rest des Tages gerüstet; galt es doch, noch die eine oder andere Tätigkeit am Haus zu erledigen. Vater hatte Bohrmaschine und Säge in der Scheune platziert und war eifrigst damit beschäftigt, den Scheuneneingang in Ordnung zu bringen. Es wurde gehämmert, gesägt, gebohrt – der Krach war nicht zu überhören. Auch bei Fritz, unserem Nachbarn, nicht, selbst wenn man ihn nicht auf der Straße sah. Kurz nach vier Uhr nachmittags parkte ein Auto am Straßenrand vor dem Grundstück von Fritz. Unser Versicherungsvertreter von der Allianz wollte uns über die neuen Möglichkeiten der Versicherung informieren. Er überquerte die Straße und, durch den Krach aufmerksam geworden, betrat er auch gleich die Scheune. Ein Zustand, den Fritz sehr störte und handeln ließ. Er riss seine Haustüre auf und brüllte quer über die Straße: „Was fällt Ihnen ein, auf meinem Grundstück zu parken! Stellen Sie sich gefälligst auf die andere Seite! Wird es bald!" Mein Vater und der Allianz-Vertreter stürzten vor die Scheune – so standen sich beide Parteien feindselig gegenüber. Fritz war dabei, in die Luft zu gehen, wie das berühmte HB-Männchen! Selbst der Schlichtungsversuch der Allianz konnte ihn nicht beruhigen. Fritz' Ehefrau, Irma, war in der Zwischenzeit herbeigestürzt, sie stand nun vor der Haustür und rief: „Fritz, reg’ dich nicht so auf – denk an dein Herz!“ „Fahren Sie endlich Ihr Auto von meinem Grundstück!“, ging Fritz’ Attacke weiter. Fast hätte man annehmen können, dass es sich hier um ein Theaterstück handeln würde. Doch leider nein – es war die Realität. Mit dem berühmten Spruch „Wer wird denn gleich in die Luft gehen!“ stieg der Allianz-Vertreter in seinen Wagen, fuhr kurz vor, wendete in einem Feldweg und kam wieder zurück. So parkte er dann vor unserem Grundstück! Genau wie gewünscht. Doch die beiden Kampfhähne, Fritz und mein Vater, führten ihre heftigen Diskussionen weiter. Als ich das sah, war mir das Ganze doch zu dumm. Ich rief beiden zu: „Das Problem ist doch nun gelöst, oder nicht! Welchen Grund gibt es noch, sich gegenseitig anzuschreien? Wollt ihr beide nicht endlich Ruhe geben!“ Erstaunt über meine Worte, verstummten Fritz und mein Vater mit einem Schlag. Jeder für sich leicht beleidigt, verzogen sie sich in die eigenen vier Wände. Fritz mit seiner Frau ins Haus, mein Vater und der Allianz-Vertreter zurück in die Scheune. Frieden für den Rest des Tages! Fragt sich nur, für wie lange?

Welche Nummer hat unser Gefrierfach?

Eine Nummer pro Gefrierfach – da staunen Sie sicherlich! Ich, in meiner Kinderzeit, staunte da weniger, denn für uns Kinder gehörte ein solches Fach in den Räumen unterhalb des Gemeindesaales zum Alltag. In den frühen 70er-Jahren waren Gefriertruhen zu Hause eine Rarität. Nur wer etwas Geld am Ende eines Jahres übrig hatte, konnte sich mal Gedanken darüber machen. Große Auswahl gab es nicht – ein oder zwei Modelle standen zur Wahl. Mehr gab es nicht. Und dennoch, dieser zentrale Kühlplatz im Dorf – ja, was bescherte er uns alles an Vorteilen, meistens jedenfalls!

Die Gemeindeverwaltung hatte die Oberaufsicht über die Fächer. Das hieß, nur wenn wirklich kein anderer Bewohner des Dorfes einen Anspruch anmeldete, konnte man ein zweites Fach für sich mieten. Wie lange mussten wir daher fantasievoll sein, wenn wir unsere Vorräte im Spätsommer und Winter nach der Schlachtung verstauen wollten. Bis zu diesem Glücksgriff hieß es dann, Glas statt Frost, Würste wurden geräuchert statt in Plastikfolie verpackt. Ging es wirklich nicht anders, wurden halt die Nachbarn um Hilfe gefragt! Wir gaben ihnen unsere Päckchen, die unsere Namen und den Inhalt auf einem Etikett trugen, zur Aufbewahrung mit. Das war noch der einfachste Teil der Nachbarschaftshilfe. Wie weitsichtig musste unsere Mutter auf ihren Küchenplan schauen, wenn sie jeweils das Essen für die Familie zusammenstellte. Denn um diese Päckchen später zu bekommen, mussten wir uns an den Tagesablauf der Nachbarn halten. Und noch an eine andere Bedingung mussten wir denken! Einmal im Jahr wurde der Strom innerhalb der Kühlanlage über das Wochenende abgeschaltet – meistens Ende April – die Türen der Fächer standen offen, das Eis taute ab und lief in die zentrale Kanalisation. Die Putzkolonne der Gemeinde reinigte nur den Fußboden, die Fächer musste jeder einzelne Mieter selbst putzen. Dass in diesen Stunden der Dorftratsch blühte, versteht sich von selbst.

Nach langen Jahren auf der Warteliste war es dann endlich so weit, wir bekamen das zweite Fach. Wie groß war die Freude bei meiner Mutter! Die Abhängigkeit von der Nachbarschaft – vorbei! Aber nun hatte sie eine neue Aufgabe. Die Fächer richtig und platzsparend zu füllen, mit dem Volksspruch „Vorsicht ist besser als Nachsicht" – wer kennt ihn nicht? Mit der ersten Ernte von Erdbeeren, Kirschen und Bohnen galt es dann jedes Jahr abzuwägen: Gefrierfach oder doch Glas?

Ich sage es ja, einen Haushalt mit sechs Personen zu führen, das war schon eine Lebensaufgabe. Wurde dann mit Beginn des Herbstes über den Schlachttermin für das ausgewählte Schwein nachgedacht, musste neben dem Metzger auch das Kühlhaus gemietet werden. In einem Dorf, wo das Bauerntum noch sehr gepflegt wurde, also in den 70er-Jahren, war das gar nicht so einfach. War alles zeitlich genau geplant, konnte der Vorrat von Braten, Wurst und sonstigem Fleisch in unser Gefrierfach transportiert werden. Mit dem Auto – nein, was denken Sie! Dafür benutzten wir unseren Handwagen – und das mehrmals am Tag – mit Erfolg. Und wenn einmal unsere Verwandten unangemeldet vor der Haustür standen, was öfter vorkam, hieß es für uns Kinder: „Schnell, du musst noch einen zusätzlichen Braten aus der Anlage holen!" Im Sommer mit dem Rad – im Winter mit dem Schlitten im Schlepptau – auf dem Land kennt der Ideenreichtum keine Schranken!

„Was bin ich?"

Was ich bin? Das ist mir schon klar! Und Ihnen hier sicherlich auch! Doch würde ich vor meinem Vorlesen hier und heute erst meinen Namen auf eine Tafel schreiben und dazu noch eine typische Handbewegung machen, wäre Ihnen der Grund für diesen Texttitel klar. Es handelt sich um das heitere Beruferaten mit Robert Lembke, das in den Jahren zwischen 1970 und 1990 sehr großen Zuspruch im Fernsehen fand. Auch ich war stets ein Bewunderer, nicht nur für Herrn Lembke und seine Gäste, sondern auch für das Rateteam, das mit zwei Männern und zwei Frauen gut besetzt war. Nicht zu vergessen seine Assistentin und sein Foxterrier „Struppi", der immer über sein Herrchen und die Sparschweinchen gewacht hat. In diese Spardosen kamen nämlich immer die Fünfmarkmünzen.

An eine Sendung erinnere mich besonders. Ein Mann mit einem sehr auffälligen Bart betrat die Bühne, er hieß C. Roth. Mit einem Gong wurde dieser Mann mit seinem Beruf dem Publikum im Saal vorgestellt. Somit wusste das Publikum immer mehr als das Rateteam, so sollte es auch sein. Männer und Frauen im Saal lachten herzlich über die ausgeschriebene Tätigkeit und mancher Zuschauer zu Hause sicherlich auch.

Das Rateteam musste sich dies selbst erarbeiten. Schon eröffnete Marianne Koch die Raterunde. Ihre Fragen und die ihrer Kollegen sollten zur Lösung führen. Hatte einer im Rateteam ein „Nein" erhalten und der zu ratende Gast seine fünf Mark in das von ihm erwählte Sparschwein, ging es weiter. Mit Hans Sachs, Staatsanwalt, Frau Annette von Aretin, TV-Ansagerin, und Herrn Guido Baumann, Unterhaltungschef beim Schweizer TV, mühten sich alle ab. Wie gesagt, nicht nur das Team, sondern auch der Gast und nicht zuletzt Herr Lembke. Denn ein „Ja" oder „Nein" vom Gast oder dem Gastgeber, Herrn Lembke, bei gewissen Fragen konnte schon mal das Rateteam auf die „falsche Fährte" führen.

Kurz vor der möglichen Ratesumme (zehn falsche Antworten waren erlaubt) kam Herr Baumann, auch genannt der Ratefuchs, auf die richtige Lösung. Herr Roth war zu jenem Zeitpunkt Liebesbriefschreiber. Das hatte das Publikum also so witzig gefunden. Seine Erklärung für seine Tätigkeit sowie die Beschreibung, welche Männer zu ihm kommen, waren die Gründe für seine typische Handbewegung. Diese Bewegung zeigte an, wie Herr Roth den geschriebenen Brief zusammenfaltet, den er dem Bewerber dann anschließend übergab. Das Übersenden an seine Angebetete musste der Liebhaber schon selbst tun. Ob der Liebesbriefschreiber Erfolg hat mit seiner Arbeit, bekommt er nur mit, wenn er auf den ersten Brief weitere schreiben darf. Hat der Auftraggeber sein Ziel erreicht, folgt meist gar keine oder nur eine geringe Information an ihn. Nicht gerade nett, aber so ist das Leben nun mal eben.

Pro Sendung gab es dann auch meist ein prominentes Gesicht und/ oder einen Ehrengast, eine Stellung, die Mann oder Frau nur einmal einnehmen durfte. Das hätte ich auch nicht gewusst. Den Hinweis habe ich in einem Ausschnitt über den Auftritt von Peter Alexander in dieser Sendung (insgesamt drei Mal) gehört. Also doch nicht so regeltreu wie gedacht. Sicherlich hätten wir heute und hier auch viel Spaß beim lustigen Beruferaten, da bin ich mir sicher. Doch wie würde unsere Sendung dann heißen? – Jeder Vorschlag ist willkommen!

Bügeln – wie fällt mir das schwer!

Jede Hausfrau hat so ihre Lieblingsbeschäftigung im Haushalt. Heute gilt dies auch für den Hausmann. Neben Kochen, Waschen, Putzen gab es immer wichtige Aufgaben, die nie lange aufgeschoben werden durften. Meine Mutter hatte da ihren festen Arbeitsplan. Montags war Waschtag und wenn die Wäsche am Mittwoch endlich getrocknet war, war der Nachmittag mit Bügeln ausgefüllt. Für das Bügeln war neben Geduld und einem guten Gefühl für die Wäsche noch etwas anderes gefordert. Kraft! Wir hatten nämlich zwei Bügeleisen, klassisch aus schwarzem Gusseisen! Damit diese die richtige Temperatur für den Bügelnachmittag hatten, musste erst einmal der alte Küchenherd geheizt werden. Die Küche hatte mit 30 Grad fast schon die Temperatur vom Badetag. Hatte der Herd die richtige Temperatur, wurden beide Bügeleisen in den Backofen des Küchenherdes geschoben – eine Stunde Wartezeit mindestens. Diese Zeit überbrückte meine Mutter meist damit, dass sie die Wäsche entsprechend vorsortierte. Betttücher, Abtrockentücher, Baumwollhemden und -blusen, die eine hohe Temperatur vertrugen, wurden als Erstes bearbeitet. Der alte Esstisch wurde mit einer dicken Wolldecke belegt, darauf noch eine alte Tischdecke – Vorbereitung Stufe 1 beendet. Nach einer Stunde wurde mit Holzklammern das erste Bügeleisen aus dem Herd genommen. Meine Mutter testete an einem Baumwollhandtuch, ob dies schon die richtige Temperatur hatte. Ein Fingertest wäre zu gefährlich gewesen. Also erster Versuch. Das Gewebe wird glatt. Könnte gehen! Wenn noch eine Falte zu sehen war, sprühte meine Mutter die Stelle mit Wasser ein. Anfangs noch per Hand aus einem Milchtopf, später mit einem Blumensprüher. Eisen darauf und oft ertönte ein Zischen! Woher ich dies weiß? Ganz einfach: Ich saß meist am anderen Ende des Esstisches und erledigte meine Hausaufgaben. Ab und an musste ich helfen. Aber nicht mit den Eisen aus dem Backofen, sondern die gebügelte Wäsche nach oben bringen. Der Platz in dem Esszimmer war nicht sehr groß und die Zeit meiner Mutter für diese Tätigkeit beschränkt. Die Temperatur des Eisens nahm auch schnell ab! Somit brachte meine Mutter das erste Eisen in den Backofen zurück, füllte Holz in den Ofen. Gleichzeitig nahm sie das zweite Eisen heraus und weiter ging es mit der Tätigkeit. So ging es den ganzen Nachmittag lang. Im Winter bei frostigen Temperaturen draußen war Bügeln an sich noch ganz angenehm.

Aber im Sommer bei Temperaturen draußen von mehr als 30 Grad den Ofen zusätzlich heizen – da floss so mancher Schweißtropfen, es war Sauna pur. Wie glücklich war meine Mutter, als sie ihr erstes elektronisches Bügeleisen bekam, mit einfacher Ausstattung, aber mit der Chance, die Temperaturen auf die Wäsche einzustellen. Ein Fortschritt! Und wie glücklich sie darüber war, lässt sich an einer Tatsache erkennen. Sie hob die guten, alten Gusseisen-Bügeleisen auf, ließ sie bunt anmalen und wie bei einer Ausstellung im Treppenhaus hinstellen. Bei mir hat weder die eine noch die andere Bügelmethode eine Liebe für diese Tätigkeit ausgelöst. Das ist auch der Grund dafür, dass ich meine zu bügelnde Wäsche schon mal auf die lange Bank schiebe.

Eine Aussteuer für später

Wer von den weiblichen Zuhörerinnen und Leserinnen kennt sie nicht! Die Aussteuer! Edles Tischporzellan mit Schüsseln für mindestens sechs Personen, dazu passende Gläser und Besteck. Vielleicht noch Stoffservietten dazu, in edlen Farben gefällig. Ja, danke! Hand- und Badetücher ebenfalls, zusammen mit Tischdecken Marke Irisette. Gerne! Darf es noch ein wenig mehr sein? Sie lachen, ich konnte es nicht! Nicht in meiner Kindheit. Dies waren all die Geschenke, die ich von Patentanten und Verwandten zu Terminen wie Weihnachten und Ostern bekam. Selbst an meinem Geburtstag nahm der Reigen der Aussteuergeschenke kein Ende. Ich bedankte mich jedes Mal artig, was blieb mir auch anderes übrig?

Meine wahren Wünsche durfte ich nicht äußern. Wieso denn nicht, waren diese so teuer? Nein, ganz im Gegenteil, meine Verwandten und Patentanten hätten sich sicherlich gewundert. Ein Jugendbuch, zum Beispiel von Karl May, für 13 DM hätte deren Geldbeutel mehr geschont als ihre Ausstattung für eine Ehe! Aber das wäre in unserem Dorf undenkbar gewesen. Dabei hätte ich von einem Buch direkt etwas gehabt – ich hätte es in meine zarten Hände nehmen können, es lesen, darin blättern können und vieles mehr. „Doch nicht für ein Mädchen!"

Mit den Aussteuergeschenken blieb mir damals leider nur ein Ziel. Diese möglichst bruchsicher zu verpacken, falls es Porzellan und Besteck war, und auf den Speicher zu stellen. Für Handtücher und Tischdecken räumte meine Mutter mir einen Platz in ihrem Schrank ein. Auf dem Speicher hatte jedes Mitglied unserer Familie einen eigenen Platz zugewiesen bekommen. Wenn auch insgesamt nicht viel Platz vorhanden war, er reichte dennoch für meine vielen Kartons aus. Denn die Jungs mit ihren praktischen Geschenken benötigten keinen Platz für ihre Aussteuer. Den gaben sie immer gerne an uns Mädchen ab. Sie können sich sicher vorstellen, dass im Laufe meiner Kindheit das Volumen der Aussteuer erhebliche Ausmaße annahm. Als ich, statt zu heiraten, meine erste eigene Wohnung bezog, gingen die vielen Kartons mit der Aussteuer mit. Vieles von dem Porzellan und Besteck von damals besitze ich noch heute. Die Handtücher und Tischdecken sind teilweise dem Zeitgeschmack zum Opfer gefallen, haben aber dennoch ihren ersten Dienst getan.

Wenn ich mal in einer ruhigen Minute an diese Erlebnisse meiner Kindheit zurückdenke, bin ich immer wieder mehr als erstaunt, welche Tradition mit dieser Art von Geschenken gepflegt wurde. Bringen Sie das einmal den Mädchen von heute bei – ich glaube, die würden Sie etwas erstaunt anschauen. Allein der Gedanke, dass sie mehr als 20 Jahre darauf warten müssten, ihre Geschenke benutzen zu können, würde bei ihnen nur ein Kopfschütteln hervorrufen. Das war und wäre bei mir auch nicht anders!

Stammtisch statt Kirche am Sonntag

In manchen Filmen der 50er-Jahre wurde es gezeigt. Wenn am Sonntagmorgen die Frauen, meist in Schwarz gekleidet, in die Kirche gingen und die Männer mit verantwortungsvollen Aufgaben in der Politik und Kirche ihnen dann folgten. Doch die etwas lockere Männerwelt ging in unserem Dorf am Sonntagmorgen einer ganz anderen Beschäftigung nach: dem Stammtisch in der Dorfwirtschaft!

Mein Vater war anfangs dafür nicht zu haben. Ging er nicht wegen eines Gedenktages oder eines Festes in die Kirche, blieb er meist zu Hause. Am Morgen las er dann die Zeitung oder blickte einfach aus dem Fenster. Nicht gerade sehr interessant. Als Kind sah ich unseren Nachbarn immer um 10.00 Uhr am Sonntagmorgen Richtung Dorfmitte aufbrechen. Eines Tages nahm ich meinen Mut zusammen und sprach ihn darauf an. Wohin er gehe am Sonntagmorgen, er sei ja immer zwei Stunden von zu Hause weg. Die Kirche konnte es nicht sein, denn die dauerte nur eine Stunde. Prompt kam seine Antwort: „Ich treffe mich mit anderen Männern im Dorf zum Stammtisch." Das wollte ich doch genauer wissen! „Über was wird dann geredet – doch nicht nur über das Wetter oder die nächste Ernte?" „Nein, wir reden über alles Mögliche. All das, was in zwei Stunden passt."

So kam es, dass ich meinen Vater dazu überreden wollte, ebenfalls daran teilzunehmen. Dass es schwierig sein würde, war mir schon klar. Aber so schwierig hatte ich es mir dann auch wieder nicht vorgestellt. Der Nachbar und mein Vater waren seit Jahren verfeindet, obwohl sie mal zusammen in die Schule gegangen waren. Ein einziger Satz hatte den Unmut meines Vaters erzürnt und der war seitdem nicht mehr gewichen. Mit Fritz, so hieß der Nachbar, war ich schnell einig und für ihn wäre dies kein Problem. Doch mein Vater blieb anfangs stur. Als beide sich wieder auf der Straße aus dem Weg gingen, fasste ich mir ein Herz: „Wollt ihr beide nicht den Streit endlich beiseitelegen? Nach den vielen Jahren, wo ihr kein Wort miteinander gesprochen habt?" Der erste Versuch klappte noch nicht, ein paar Anläufe von meiner Seite waren noch notwendig. Endlich war es dann so weit! An einem Sonntagmorgen im August schritten beide zum ersten Mal zum Stammtisch. Von da an wurde ich nicht mehr gebraucht.

Sosehr ich auf meinem Erfolg in dieser Sache stolz war, so überrascht war ich bei den Vorbereitungen zu meiner ersten Frankreichreise. Ich hatte meinem Vater erklärt, dass ich mit meinem ersten Auto durch Frankreich fahren würde. Mehr als zwei lange Wochen unterwegs sein, ganz auf mich gestellt. Doch er war dagegen. Damit trat er am darauffolgenden Sonntag den Weg zum Stammtisch an. Und eine Überraschung kam noch hinzu. Beim sonntäglichen Mittagessen teilte er mir dann mit, der Stammtisch hätte beschlossen, dass ich nicht ins „Feindland" fahren dürfe. Und das im Jahr 1985! Meine Reaktion folgte prompt. „In welchem Jahrhundert lebt ihr eigentlich?! Ich fahre!" Und ich fuhr! Mein Vater war nicht erfreut. Er wartete auf den Augenblick, als ich mit dem Auto wieder vor der Haustür stand. Dieses Bild werde ich nie vergessen. Ich klingelte, mein Vater öffnete die Haustür, er sah mich und stürmte an mir vorbei zum Auto. Er umrundete es einmal und kam zurück. „Alles ganz!", sagte er mehr zu sich selbst als zu mir. Wie es mir ging, war für ihn damals nicht so wichtig.

Fußball spielen im Kleinen!

Kaum waren die Jubelschreie in Frankreich zum Gewinn der Weltmeisterschaft verklungen, wurden wieder einige Erinnerungen in mir wach! Als Kind war ich in Zeiten von Weltmeisterschaft und dem Mitzittern auf das Tor wenig begeistert! Daher konnte ich die Aufregung der Erwachsenen nie verstehen!

Was mich aber faszinierte, war das Fußballspielfeld im Kleinen. Das stand schon seit Jahren in einer Gastwirtschaft in unserem Nachbardorf. Am Sonntagnachmittag gingen meine Eltern mit meinem Bruder und mir spazieren. Der Weg führte meist durch unser Nachbardorf, wo auch der Bruder meines Vaters lebte. Hatte mein Vater noch etwas Geld übrig für ein Getränk, kehrten wir in der Gastwirtschaft ein. Die Wirtin und mein Vater kannten sich und so fiel die Begrüßung meist auch sehr herzlich aus. „Wie geht es, Max, schönen Sonntag verlebt?" „Ja, Liesel, war schön, nur ist es wieder zu warm heut." Das erklärte fast alles, zumindest die Entscheidung meines Vaters. Mit dem ersten Getränk setzte sich meist der Ehemann der Wirtin zu ihm. Die Diskussion um Ernte und um die Politik war eröffnet. Da hatten wir Kinder keine Freude dran.

Um keine Langeweile bei uns aufkommen zu lassen, musste ich zuvor aktiv werden. Es galt meinen Vater zu überzeugen, uns ein, wenn nicht zwei 50-Pfennig-Stücke für ein spezielles Spiel zu überlassen. Denn im hinteren Bereich der Gastwirtschaft stand es: das Fußballspiel für die Kleinen – sprich der Tischfußball – eine rechteckige Spielfläche mit Spielern an einer Stange befestigt. Mit dem Einwurf des ersten 50-Pfennig-Stücks rollten die Fußballkugeln in den vorgesehenen Behälter. Ich fing an – warf den Ball ins Spielfeld – und los ging's. Die Stangen korrekt drehen, und wenn ich Glück hatte, traf ich das Tor. „Juhu!", jubelte ich laut und hatte damit auch gleich die anderen Gäste auf unser Spiel aufmerksam gemacht. Sie wollten wissen, was da bei uns so spannend war. Der eine oder andere kam mit seinem Glas zu unserem Spieltisch rüber und schaute zu. Mein Bruder konnte das Tor nicht so einfach dulden und legte los. Nach dem Spielstand 1:1 ging das Spiel weiter und bald darauf lag mein Bruder vorn. Es wurde spannend und die Aufregung nahm zu, je nachdem wer von uns ein Tor erzielte. Das ganze Spiel verlief ohne Laufen oder Verletzungen – doch dafür mussten wir schon sehr genau auf das Miniaturspielfeld schauen.

Die beiden 50-Pfennig-Stücke waren schnell aufgebraucht. Leider! Auch wenn unsere Eltern noch in ihrem Gespräch vertieft waren, gab es meist keinen Nachschlag. Darin waren beide sich einig und eisern. Mein Bruder und ich stellten dann oft Überlegungen an, was wir in der restlichen Zeit noch machen könnten, außer uns an den Tisch zu unseren Eltern zu setzen oder vor der Gastwirtschaft ein wenig auf der Straße zu spielen oder den Hund vom Nachbarn über den Zaun zu streicheln – mehr Möglichkeiten gab es nicht. Nicht an einem Sonntagnachmittag, und das mit unserer Sonntagskleidung. Nach einer Weile brachen meine Eltern dann wieder Richtung unserer Heimat auf. Mit einem letzten, sehnsuchtsvollen Blick auf den Tischfußball in der Ecke folgte ich ihnen. Denn an jenem Sonntag hatte mein Bruder die beiden Turniere gewonnen. Ich müsste mich anstrengen, damit ich beim nächsten Mal wenigstens ein Turnier gewinnen würde. Denn immer im Fußball der Verlierer zu sein, das ging doch nicht!

Dorfleben – Leben im Dorf

Einkaufen ist heute kein großer Aufwand mehr! Die Technik macht es möglich! Das war in meiner Kindheit alles anders; unser Dorf bot Möglichkeiten, die es heute in dieser Form gar nicht mehr gibt. Wenn doch, dann nur als Erinnerung an vergangene Zeiten. Wirklich schade, aber lassen Sie mich erzählen.

Eier kaufte meine Mutter zu jener Zeit bei einer ganz bestimmten Nachbarin, Frau Else Brust. Ihre Hühner zählten zu den glücklichsten in unserer Straße und so machte ich mich mindestens einmal die Woche auf den Weg, um dort einen Karton mit zehn Eiern zu kaufen. Frau Brust nahm diese Aufgabe immer sehr ernst und betrachtete jedes Ei, ehe sie es in die Schachtel tat. Hatten wir mal eine größere Feier geplant, wofür wir mehr Eier benötigten – oder zu Ostern – mussten wir unsere benötigte Menge zwei Wochen vorher ankündigen. Denn auch glückliche Hühner können nicht mehr Eier legen als üblich!

Zu Geburtstagen oder auch zu Weihnachten musste mindestens eine Mokkasahnetorte auf unserem Tisch stehen. Keiner verstand die Kunst der Tortenverzierung so gut wie unser Nachbar, Herr Kathenberg. Ein älterer Herr, der sich mit der Herstellung von Sahnetorten einen Namen nicht nur in unserem Dorf, sondern auch in der Umgebung gemacht hatte. Er hatte eine Mappe mit Fotos seiner Werke zusammengestellt, sodass ein Besteller auch mal die Verzierung wechseln konnte. Besonders war dies wichtig, wenn ein Brautpaar eine ganz persönliche Hochzeitstorte wollte. Auch für diesen Anlass hatte er stets eine Idee bereit. Mir sind bis heute seine Mokkatorten auch deshalb in bester Erinnerung, da jedes Kuchenstück eine leckere Schoko-Mokkabohne zierte. Mhmm, unvergleichlich lecker!

Im Frühjahr brauchte meine Mutter immer Setzlinge für ihren Gemüsegarten, sollten Gemüse und Salat im Sommer erntereif sein. Eine Nachbarin in unserem Dorf war eine beliebte Adresse! Neben Salatsetz-

lingen kaufte meine Mutter Rotkohl, Weißkohl, Lauch und Wirsing. In einer Holzkiste waren die Pflanzen nebeneinandergestellt und wir Kinder nahmen den Einkauf meiner Mutter in Empfang. Tags darauf pflanzten wir diese Setzlinge in unseren Gemüsegarten. Danach mussten wir Kinder abends unserer Mutter mit Gießkannenschleppen helfen, und das mindestens zweimal in der Woche. Stets nach dem Motto: „Nur gute Sorgfalt bringt uns später reiche Ernte." Jedoch war unser Bemühen nicht immer von Erfolg gekrönt. Besonders an regenreichen Tagen kamen auch andere Gemüseliebhaber in unseren Garten zu Besuch. Keine angenehmen Gäste, das dürfen Sie mir glauben! Schnecken liebten unseren Salat und unseren Kohl und fraßen sich oft daran satt.

In unserer Familie mit vier Kindern musste stets gespart werden, daher wurde die Kleidung der älteren an die jüngeren Kinder weitergereicht. Dass nicht jedes Teil auf Anhieb passte, kann man sich denken! So musste eine Näherin uns helfen. Glücklicherweise hatten wir sogar eine in unserem Dorf. Ihr Haus befand sich einige Meter oberhalb des Marktplatzes. Ich begleitete meine Mutter oft, wenn sie die Näherin aufsuchte. Nicht nur, wenn es für mich etwas zu ändern gab; dort gab es so viele interessante Dinge zu entdecken! Die alte Nähmaschine, die noch mit den Füßen getreten werden musste. Bunte Stoffe, die sich in Regalen stapelten, und eine Kleiderpuppe, die mit einem Mantel und Maßband umhüllt war. Gab meine Mutter eine Bestellung für ein neues Kleidungsstück auf, musste natürlich der- oder diejenige sie begleiten. Ohne genaues Messen gab es auch nichts Passendes zum Anziehen, das war gewiss!

Verstehen Sie nun, wie bunt ein Leben auch in einem Dorf sein kann? Und mehr noch, wie nah wir unsere Einkäufe erledigen konnten. Ganz nach dem Leitspruch: „Frisch vom Land!"

Gummibund-Unterwäsche

Früher war alles anders! Ein beliebter Spruch – nicht nur die vielen großen Dinge. Auch so viele kleine Dinge von damals gibt es schon lange nicht mehr. Das macht auch vor der Kleidung nicht halt! Ich denke da besonders an die Unterwäsche, die wir als Kind trugen. Heute ist alles anders. Schauen Sie sich in einem Kleidungsgeschäft oder Kaufhaus Unterwäsche für Frauen oder Männer an, Sie finden dort nur noch die fest aufgenähten, aber elastischen Bänder. Eine Unterwäsche mit Gummibund ist nicht mehr gefragt! Das wäre auch viel zu aufwendig. Oder können Sie sich heute noch Frauen vorstellen, die zu Hause ein Nähkästchen besitzen, in der sich neben einer Sicherheitsnadel noch weißes Gummiband und Schere befinden? Denn all das brauchte meine Mutter, um die ausgeleierten oder zerrissenen Gummibänder von unserer Unterwäsche zu erneuern oder zu reparieren.

Sehr oft fiel es meiner Mutter auf, wenn sie die frisch gewaschene Wäsche und Unterwäsche in die einzelnen Schränke sortieren wollte. Sie zog an jedem einzelnen Gummibund und sortierte die Unterwäsche, die zu reparieren war, aus. Konnte sie einen Bund ins Endlose ziehen, hieß es für sie: Näharbeit! Im Winter fand sie dafür meist am Sonntagnachmittag Zeit, wenn es draußen ungemütlich und kalt war. Im Sommer fand die Arbeit auch schon mal im Garten statt, wenn meine Eltern die warmen Temperaturen genießen wollten. Egal wann und wo, Geschicklichkeit war gefragt.

Seitlich am Rand öffnete meine Mutter den Bund mit einem kleinen Loch. Mithilfe einer Nadel zog meine Mutter den ausgeleierten Gummi aus dem Bund hervor. Schnipp, schnapp, das Gummiband wurde aufgetrennt und in den Mülleimer geworfen. Das neue Gummiband wurde entsprechend des Körperumfangs des jeweiligen Besitzers, sei es einer meiner Brüder oder bei mir, abgemessen und geschnitten. An einem Ende des neuen Gummibandes wurde eine Sicherheitsnadel befestigt. Dieses Stück wurde in das geöffnete Loch des Bundes gesteckt und mit viel Fingerspitzengefühl durch den Bund geführt. Denn Gefühl brauchte Man(n) oder Frau, denn die Sicherheitsnadel durfte sich während der Aktion nicht öffnen. Hatte meine Mutter glücklich ihr Ziel erreicht, nähte sie die beiden Gummiband-Enden zusammen. Ein kurzer Test bestätigte, dass dies für die nächsten Male reichen würde. Mit dieser Erkenntnis drückte meine Mutter diesen Teil des Gummibandes zurück in das Loch und vernähte die besagte Öffnung. Die Unterhose war fast wie neu. Das Bild meiner Mutter mit den vielen Unterhosen in ihrem Nähkorb wird ewig in meinem Gedächtnis bleiben. Die Frauen von heute haben es da einfacher, wenn auch teurer. Gummibund-Unterwäsche ade, dafür ist nun Unterwäsche im Design und mit verschiedenen Farben willkommen. Gibt da mal die Unterhose ihren Sitz und ihre Form auf, bleibt nur noch deren Weg in die Kleidersammlung. Und für die ehemaligen Besitzer der Gang ins nächste Kaufhaus.

Glatt gebohnert – Vorsicht!

In meiner Kindheit war der wöchentliche Hausputz in unserer Familie schon eine anstrengende Arbeit. Meine Mutter war darin unerbittlich, bis Samstagmittag musste alles in unserem Haus glänzen, vom Schlafzimmer bis zum Wohnzimmer. Daher war der Hausputz auf zwei Tage verteilt. Am Donnerstag mussten die Schlafzimmer gründlich geputzt werden. Der Freitag war für Wohnzimmer und Esszimmer mit Küche vorgesehen. Unser Haus war schon etwas älter und so war auch die Einrichtung. Eine stabile Holztreppe verband die Schlafräume mit den unteren Räumen. Im Wohnzimmer gab es noch ein richtiges Holzparkett. Ein Teppich gab es nur um Sofa und Sessel herum. Das Holzparkett und auch die Holztreppe waren der Stolz meiner Mutter. Dass diese stets gut aussehen mussten, auch jede Woche, verstand sich von selbst. Für deren Pflege gab es in unserem Haus zwei Zutaten, einmal Bohnerwachs und Schwamm und dann noch der Bohnerblocker. Das schwere Stück war circa 15 × 20 Zentimeter groß, fünf Zentimeter dick und zwischen fünf und zehn Kilogramm schwer. Mit diesem Gerät zu arbeiten, das war Schwerstarbeit.

Meine Mutter übertrug mir öfter die Reinigung der Holztreppe am Samstagvormittag. Zunächst galt es, den Bohnerwachs mit einem Tuch gleichmäßig in die einzelnen Treppenstufen einzureiben. Welch ein Geruch kam mir da entgegen! Die Viertelstunde Einwirkzeit wurde groß in unserem Haus verkündet. Wer etwas von oben brauchte, sollte dies vor dem Einwachsen tun oder danach. Dann kam die Schwerstarbeit auf mich zu. Ich schleppte diesen Bohnerblocker die Treppe hinauf bis zur obersten Stufe. Danach musste ich immer kurz verschnaufen. Nach wenigen Minuten startete ich dann den zweiten Teil, das Polieren jeder Treppenstufe mit diesem Gerät. Keine leichte Arbeit und auch keine, die mir wirklich Freude gemacht hat. Aber meine Mutter war damit unerbittlich, sie bestand auf die wöchentliche Reinigung.

War die Treppe geschafft, musste das Wohnzimmer auf Vordermann gebracht werden. Hier gab es nur einen winzigen Vorteil – keine Treppenstufen! Den Bohnerblocker über den Fußboden zu wirbeln, war dennoch keine leichte Aufgabe. Hatte ich glücklich beide Böden geschafft, kontrollierte meine Mutter die Arbeit. Erst wenn sie mit dem Ergebnis zufrieden war, konnte ich darauf hoffen, für den Rest des Tages frei zu haben. Wehe, wenn sie sah, dass der Boden nicht schön glänzte oder noch ein Fleck zu sehen war, dann musste ich erneut zu Wachs und Bohnerblocker greifen.

Nach vielen Jahren harter Bohnerarbeit hatte meine Mutter einen für sie glänzenden Einfall. Mit dem Auslegen eines Teppichbodens im Wohnzimmer und dem Belegen der Holztreppe zu den Schlafzimmern ebenfalls mit Teppichboden, erledigt von einem Fachmann, fand diese kraftvolle Putztätigkeit endgültig ein Ende. Der Bohnerblocker hing dennoch eine ganze Weile danach bei meiner Mutter im Haushalt. So einen schweren Haushaltshelfer bekommt man heute nicht mehr.

Die Postkarte feiert Geburtstag!

Genau am 16. Juli 2020 ist die Postkarte 150 Jahre alt geworden. Da staunen Sie sicherlich! Und Sie staunen noch mehr, wenn Sie hier lesen, wofür man die Postkarte alles in der Vergangenheit benutzt hat. In meiner Kindheit war die Postkarte eine billige Möglichkeit, einem Verwandten oder Freunden eine Nachricht zukommen zu lassen. Ein Telefon hatte ja nicht jeder und wir auf dem Dorf hatten dazu noch keinen Anschluss. In den Sommerferien brachte uns der Briefträger öfter eine Postkarte von einer Cousine meiner Mutter. Eine reiselustige Frau, die mindestens einmal pro Jahr nach Holland fuhr. Oder auch im Herbst ins Allgäu zum Wandern und um Bergluft zu schnuppern. Von jedem dieser wunderschönen Orte erreichte uns ihre Botschaft. Meist schrieb sie „Wir verbringen hier schöne Tage, es ist sonnig und das Essen super. Wir erholen uns gut! Bis bald!" Für mehr Worte war meist kein Platz mehr. Die Vorderseite der Postkarte erstrahlte jedes Mal in Sonnenschein und blauem Himmel – ach, wie schön! Damit hat sie mir als Kind oft die Zähne lang gemacht, wenn wir unsere Ferien zu Hause verbringen mussten! Gerne wäre ich mit ihr auf Reisen gegangen.

Zu meinem Geburtstag erhielt ich meist eine persönliche Postkarte meiner Patentante mit der Information, dass sie noch zu einem Besuch vorbeikomme. Als meine Tante und ihre Familie ihre Ferien bei uns verbringen wollten, bekamen wir ihren Ankunftstag und ihre Ankunftszeit meist auch per Postkarte! Kurz und knapp die Sätze und das meist vier Wochen im Voraus: „Ankunft mit 6 Personen 01. Juli gegen 15.00 Uhr – Abfahrt wissen wir noch nicht! Freuen uns, bei Euch zu sein! Gruß Tante Maria"

Wünsche und Grüße zu Ostern und Weihnachten erfolgten früher auch mit der passenden Karte. Ein Osterhase mit Eiern verschönte das Osterfest, eine Karte mit Weihnachtsmann auf einem Schlitten war für mich Anlass, meinen Wunschzettel zu erstellen. Das bei all diesem Postkartenverschicken die Post schon mal Verspätung hatte, war zu der damaligen

Zeit normal. Traurig waren dann nur die Menschen, welche die Wünsche ihrer Freunde und Verwandten nach den Festen in ihrem Briefkasten fanden.

Ebenfalls in Fernseh-Abendsendungen hatte die Postkarte ihren festen Platz erobert! Sollten die Plätze der Hitparade mit Dieter Thomas Heck vergeben werden, gab er die Postkarten-Adresse mehrmals in der Sendung bekannt. Nicht nur aus diesem Grund! Denn manch einem, der auf einen Gewinn in der Sendung hoffte, unterliefen beim Schreiben von Postkarten Fehler. Was der Beliebtheit dieser Sendung keinen Abbruch tat. Bei anderen Sendungen wie „Ein Platz an der Sonne" oder „Wünsch Dir was" war auch die Postkarte der Gewinn-Übermittler, immer vorausgesetzt, dass man gezogen wurde.

Mit 150 Jahren hat die Postkarte zwar ein beachtliches Alter erreicht – doch sie wird weiterleben! Auch wenn sie nicht mehr so oft genutzt wird wie in den 60er- und 70er-Jahren. Ihre Freunde bleiben ihr treu – sie suchen schöne Postkarten auf Reisen und zu besonderen Anlässen aus, um anderen Menschen eine Freude zu machen. Ich zähle auch dazu! Dann zum Wohl!

Schlimm, wenn der Fernseher streikt!

Das war ein großes Unglück. Besonders für eine Familie wie unsere, die auf dem Dorf lebte, wo es wenig Abwechslung vom Alltag gab. Wenn mein Vater am Abend auf den Einschaltknopf drückte und nichts passierte, dann war der Schock da. Mein Vater schaute sich Stromkabel und Antenne genauer an, alles wie immer. Was also tun? Es blieb für uns nur eins. Der Techniker musste her, doch wie bekommt man den zu uns nach Hause ohne Telefon? Ein Spaziergang zum Nachbarn war dann Pflicht. Meist erledigte das meine Mutter, konnte sie auf diese Weise auch noch von ihrem Problem erzählen. Hatte sie den Inhaber des Fernsehladens aus der Stadt an der Mosel erreicht, kam der nächste Schock. „Heute kann ich Ihnen keinen Techniker schicken! Vielleicht morgen Nachmittag, aber nicht mit absoluter Sicherheit!"

An diesem Abend saßen meine Eltern und wir jüngsten Kinder im Wohnzimmer, während die älteren Geschwister was anderes taten. Mein Vater blätterte die Zeitschriften und Zeitungen hin und her, meine Mutter machte ihre Näharbeiten. Ich las in meinem Lieblingsbuch oder spielte mit meinem Bruder „Mensch ärgere dich nicht!" – passend, nicht wahr?

Der Abend war meist kurz, jeder ging früher ins Bett als sonst. Was blieb uns auch anderes übrig? Wir alle hofften auf den morgigen Tag. Der Tag verstrich langsam, mein Vater, der schon in Rente war, versuchte mit einigen Aufräumarbeiten die Zeit zu überbrücken. Meine Mutter war noch ins Dorf gegangen. Mein Bruder und ich hatten vormittags Schule. Nach Schule und Essen standen die Hauaufgaben auf dem Stundenplan. Dann endlich, am Nachmittag, als wir alle wieder versammelt zu Hause waren, nahm die Ungeduld zu. Wir schlichen vom Wohnzimmer ins Esszimmer und wieder zurück. Kein Auto vom Fernsehtechniker zu sehen. Mein Vater ging ab und an nach draußen vor die Tür, um auf die Straße zu schauen. Kurz vor dem Feierabend des Technikers, meist gegen 17.00 Uhr, hielt ein kleiner blauer Kastenwagen vor unserem Haus. Wir lasen die Aufschrift und waren alle glücklich: Der Fernsehtechniker. Er kam zu uns herein und ließ sich das Problem von meinem Vater erklären. Mit einem kurzen Nicken ging er dann ans Werk, hinten aufschrauben, da wischen, hier an einem Kabel ziehen und so weiter. Nach gut einer Viertelstunde hatte er das Problem gelöst, er steckte den Stecker in die Steckdose, schaute auf die Antenne und drücke auf den Einschaltknopf. Die ganze Familie, auf jeden Fall die, die zu Hause waren, stand vor dem Gerät und schaute gebannt auf den Bildschirm. Kurzes Rauschen, Knistern und dann war es da, das Bild, wie immer.

So einfach ließ mein Vater den Mann jedoch nicht gehen. Er wollte es genauer wissen: „Was war denn das Problem?" – „Ein Kabel hatte sich in ein anderes verschoben und irgendwann setzt es dann mal aus!" – „Hält er denn noch eine Weile?", fragte mein Vater weiter. „An sich schon, aber es ist ja nur ein Schwarz-Weiß-Gerät – ich würde es mal mit einem Farbfernseher versuchen!" – „Und der Preis?" – „Ich sage meinem Chef Bescheid, dass er bei Ihnen mal vorbeikommt! Bei einem Schnäppchen!" Glücklich über die gelungene Arbeit sagte mein Vater zunächst nichts, war aber überrascht, als nach einigen Monaten plötzlich der Inhaber des Fernsehgeschäfts vor der Tür stand, und raten Sie mal warum: „Ich komme wegen eines Farbfernsehers – ein tolles Angebot!"

Brennnessel-Spinat – würzig und fein!

Im Wonnemonat Mai schießt er wie die Pilze im Herbst aus dem Boden. An feuchten Wiesenhängen grünt er munter vor sich hin und wartet. Ein Berühren dieser interessanten Pflanze – Fehlanzeige, will man anschließend nicht mit roten Pusteln an Armen und Beinen nach Hause laufen. Und dazu noch Fragen beantworten müssen. Von wem die Rede ist? Von der Brennnesselpflanze. Als Kind habe ich meist einen großen Bogen um die Stellen gemacht, an denen sie wuchs. Doch manches Mal gab es für mich kein Entrinnen. Dann, wenn meine Mutter sich die Putzeimer schnappte, uns Kinder fröhlich dazu einsammelte, Arbeitshandschuhe zum Schutz an alle verteilte und wir dann am Bach entlanggingen. Zum Ernten der Brennnesseln! Doch nicht jeder Platz war geeignet für unsere Sammelaktion. Das legte unsere Mutter jedes Jahr aufs Neue fest. Wenn sie das Signal gab, ging es los. Mit einer Haushaltsschere schnitten wir die langen Brennnesselpflanzen ab und legten sie in unseren Eimer. Wenn wir mal so viel gesammelt hatten, dass die Brennnesseln an der Eimergrenze waren, pressten wir unsere Ernte in den Eimer zurück, um Platz zu schaffen für mehr. Nur dann, wenn wirklich nichts mehr hineinkonnte und unsere Mutter auch keine andere Möglichkeit sah, gingen wir zurück nach Hause. Erster Schritt erledigt!

Doch der zweite folgte sogleich – unsere Ernte sollte ja auch für eine längere Zeit reichen. Dafür wurden die Blätter mit Wasser übergossen und sauber gewaschen sowie die Blätter von den Stängeln befreit. Dann legten wir die Blätter in einen großen Kochtopf, der auf unseren Kochherd gestellt wurde. Noch ein kurzer Blick in den Topf, Brennnessel hinein und Herd anheizen. Waren die Brennnesseln erst einmal gar, wurden sie in ein Sieb geschüttet. Während der Kochzeit schraubte unsere Mutter den Fleischwolf an unseren schweren Essenstisch. Sie wechselte das Innere vom Fleischwolf aus und wenn alles richtig angeschraubt war, konnte es losgehen. Als feiner Spinat in unseren Schüsseln kam er anschließend in die entsprechenden Gefrierboxen, um als Wintervorrat zu dienen. Doch eine große Portion als Freitag/Samstag-Essen durfte nicht fehlen. Der Duft dieses Essens konnte einem Appetit machen. Geräucherter Speck wurde in einem großen Topf ausgelassen und mit fein gewürfelten Zwiebeln angebraten. Der Spinat, zwischenzeitlich schon gut vom Wasser abgetrocknet, wurde hineingelegt. Mit Salz und Pfeffer und einem guten Schuss Sahne verfeinert und fertig was das edle Gemüse. Meistens gab es dazu gekochte Kartoffeln und Spiegeleier. Hatte meine Mutter noch etwas Geld übrig, konnte es auch mal Fleischwürstchen als Beigabe sein. Auf jeden Fall schmeckte dieser Spinat immer „würziger" als der im Garten gezogene und war auch preiswerter. Wer hätte gedacht, dass dieses Gemüse seinen Bekanntheitsgrad einmal im Film beweisen würde, als die Schauspielerin Grethe Weiser die Rolle einer Heimleiterin spielte? Diese griff, dank ihrer erfahrenen Köchin, auch einmal auf dieses Gemüse zurück, um all die vielen Kinder, die sie als Heimleiterin zu betreuen hatte, satt zu bekommen. Wie heißt es so schön im Volksmund? „Not macht erfinderisch!"

Warum ist es vor Ostern so still?

Das frage ich mich heute immer noch! Gründonnerstag – dieser Tag hatte für mich als Kind eine ganz persönliche Bedeutung – es gab an diesem Tag stets ein „grünliches" Essen. Der Dorfladen musste für die vielen Hausfrauen Spinat und Salat bereithalten. Der Andrang war jedes Jahr stets sehr groß! Deswegen musste der Einkauf schon früh am Morgen gemacht werden. Kam ich doch mal zu spät in den Laden, mussten wir auf den tiefgefrorenen Spinat von IGLO ausweichen! Denn ohne Grün ging bei meiner Mutter gar nichts an diesem Tag! Als Abendessen gab es dann statt der üblichen Wurst nur Käse und Ei, dazu einen Kartoffelsalat – hausgemacht, wie konnte es auch anders sein! Außerdem herrschte an Gründonnerstag eine absolute Stille! Kein Glockenklang zum Einläuten des Feierabends – denn die Glocken waren, so die alten Geschichten, auf dem Weg nach Rom! Sie blieben dort bis in die frühen Stunden des Ostersonntags!

„Was machen die Glocken denn in Rom?", fragte ich meine Mutter, denn die Gründe musste ich als Kind doch wissen! Erklärungen gab mir meine Mutter mehrere. Einmal lautete ihre Antwort: „Die Glocken müssen Kraft schöpfen für die Osternacht, sie gehen nach Rom zum Grießbreiessen, dann läuten sie wieder – voller und schöner als je zuvor!" Und ein andermal war ihre Antwort: „Um sich den päpstlichen Segen zu holen!" Wie seltsam, warum sie dann erst in der Osternacht wieder erklingen. Die dritte Möglichkeit gefiel mir als Kind schon besser: „Um Ostereier zu holen, die sie bei ihrer Rückkehr ins Gras werfen." Doch mit diesem Satz stimmte auch etwas nicht. Denn aus welchen Gründen sollte mich meine Mutter am Ostersonntagmorgen immer mit den Worten: „Claudia, wach auf, der Osterhase ist in der Nacht da gewesen!" wecken? Ich grübelte und grübelte und kam nicht weiter.

Was blieb, war das Fastenessen auch am Karfreitag – wieder gab es nur Fisch oder Ei und abends Käse! Keine Wurst! Keine Schokolade! So sehnsüchtig ich auch in unsere Schränke schaute! Fielen an diesem Feiertag, an dem alles geschlossen war, noch Schneeflocken, wurde mir oft der Tag zu lang. Um mich nicht weiter zu langweilen, färbte ich Ostereier für den Strauch, las in einem Buch Ostergeschichten oder schrieb Ostergrüße an Patentanten und Verwandte. Ein Spiel mit meinem Bruder zu spielen, war auch eine Möglichkeit. Doch bei alledem fehlte etwas im Hintergrund: das Glockenläuten zum Abend. – Ach ja, fast hätte ich es vergessen, die Glocken sind ja am Karfreitag noch in Rom!

Der Ostersamstag kam mir nicht so lang vor – kein Wunder, musste an diesem Tag doch alles für den Sonntag vorbereitet werden. Vor dem Haus kehren, im Haus innen putzen, Osterschmuck anbringen und einen Osterteller aufstellen (noch leer, aber nicht mehr lange). Das Fastenessen ging jedoch auch am Samstag weiter, denn die Glocken waren ja noch nicht zurück!

Mit dem Gedanken „Morgen früh wird es so weit sein" ging ich schlafen! – Um am Ostersonntag mit vollem Glockenklang geweckt zu werden. In unserem Esszimmer war ein wunderschönes Osterfrühstück vorbereitet mit Wurst und Käse zu den Eiern! Hurra, die Fastenzeit war vorbei – das erkannte ich immer sofort! Woran? An dem Schoko-Osterhasen, der neben meiner Tasse stand. Doch die Frage aller Fragen blieb jedes Jahr ohne Antwort. Wer hatte diesen Schokoladen-Hasen nun gebracht; der Osterhase oder die Glocken von ihrer Rückkehr aus Rom – was meinen Sie?

Ostern und 1. April – kein Aprilscherz

Im Jahr 2018 fällt der Ostersonntag mit dem 01. April auf einen Tag – wirklich? An den ersten Tag im April habe ich viele Erinnerungen. Denn dieses Datum hat es in sich! In meinen Kindertagen begann dieser Tag stets mit dem umsichtigen Lesen der Schlagzeilen in der Tageszeitung. Oder auch damit, dass man ganz genau zuhörte, was im Radio gesagt wurde – man wusste ja nie, ob dies alles wahr war. Vielleicht doch nur ein Aprilscherz?

Als ich in die Schule ging, machten sich die Jungs aus unserem Dorf einen besonderen Spaß mit uns. Sie erfanden etwas und riefen dann aus: „Claudia, lauf schnell nach Hause, dein Onkel ist zu Besuch gekommen!" Erst zögerte ich, doch mit dem Wiederholen des Satzes folgte ich meist diesem Aufruf. Schon kurze Zeit später stand ich vor unserer Haustür und wunderte mich, dass alles so „normal" aussah. Meine Mutter war nicht weniger überrascht. „Ich soll nach dir gerufen haben? – Niemals. Das war sicherlich nur ein Aprilscherz!" Natürlich war an jenem Tag von meinem Onkel nichts zu sehen. Oder ein anderes Mal waren es die Jungen aus meiner Klasse, die kamen auf einen ganz anderen Scherz: „Claudia, schau mal hinten an deinem Rock, da ist ein Loch an der Seite!" Schnell schaute ich an besagte Stelle nach und suchte nach dem Loch – doch nichts war zu sehen. Wieder nichts als nur ein Scherz zu diesem Datum. War dann der 01. April mit all seinen unangenehmen Überraschungen zu Ende, nahm ich mir jedes Jahr aufs Neue vor, im nächsten Jahr aufmerksamer zu sein. Und nicht jede Meldung und jeden Aufruf gleich für wahr zu halten.

Und dennoch fiel ich jedes Jahr erneut darauf herein. Wie auch einmal in der Osterzeit. Wir Kinder hatten in den beiden Wochen vor dem Osterfest die Aufgabe, Ostereier zu dekorieren und anzumalen. Unsere Mutter kaufte immer bis zu 30 Eier mehr in dieser Zeit. Es war nämlich unsere Aufgabe, den Inhalt sauber und ohne Schaden aus der Eierschale zu

pusten. Ein Nadelstich an der oberen und unteren Spitze des Eies – erster Schritt. Dann einmal an dem einen Ende des Eies blasen und das andere Ende dabei über eine kleine Schüssel halten. Mithilfe eines Strohhalmes, so der Hinweis meiner Mutter, würde diese Arbeit noch schneller gehen. Doch ich traute meiner Mutter in diesem Fall nicht. Mit der oft wiederholten Frage: „Kann das denn wirklich sein?" ging ich meiner Mutter auf die Nerven – nach der zweiten Frage gab sie nur ein kurzes Nicken als Antwort.

Die Halme, die meine Mutter auf Vorrat hatte, waren meist nicht dafür geeignet. Also ohne Halm Luft ins Ei pusten und, wenn möglich, ohne direkte Berührung der Schale. Der Inhalt musste noch für das Osterkuchenbacken verwendet werden.

Meine Brüder machten sich einen Spaß daraus, mir andere Möglichkeiten zu zeigen. Jungs sind in diesem Punkt sehr erfinderisch. Ihre Vorschläge wurden von ihnen mit „Geht super gut" und „Ohne, dass das Ei kaputtgeht" angekündigt. Später stellte sich dies als ein neuer Aprilscherz heraus. Nach ihrem Rat sollte ich das Ei in zwei Finger nehmen und von außen leicht an der Schale drücken. Was zur Folge hatte, dass die Eier rasch zerplatzten. Für den Inhalt weniger schlimm. Den konnte meine Mutter noch für ihre Backaktion verwenden. Aber wie sollte ich bloß die Dekoration für den Osterstrauß hinbekommen? – Ohne ganzes Ei! Ich war als Kind oft verzweifelt, denn bei dem einen zerbrochenen Ei blieb es nicht. Erst nach dem dritten kaputten Ei musste ich mich selbst aufklären – das war wohl nichts weiter als ein Aprilscherz meiner Brüder gewesen! Und wieder einmal war ich darauf hereingefallen – jedes Jahr aufs Neue!

Eine Bowle im Mai – Maibowle

Wenn der April mit seinem Wechselwetter endlich durch ist und die ersten Sonnenstrahlen sich durch die Wolkendecke kämpfen, ist er da – der Wonnemonat Mai. Beginnen tut er mit einem Feiertag – 01. Mai – für viele ein Tag zum Ausspannen oder Wandern. Andere feiern und pflücken die ersten Maiglöckchen im Garten. Meine Gedanken schauen noch nach etwas anderem: Denn wenn der Grill im Garten oder auf dem Dorfplatz angezündet wurde, durfte das Maigetränk nicht fehlen: die Maibowle! Meine Mutter hatte die Aufgabe, vor dem großen Feiertag die Pflanzen im Wald und Umgebung zu suchen. Meist mussten wir als Kinder mit – gemeinsam geht vieles einfacher!

Waren wir endlich fündig geworden, nahmen wir das edle Kraut in unsere Körbe und marschierten geradeaus nach Hause. Dort angekommen, wurden die Kräuter vom Dreck befreit. Hatte das eine oder andere Kraut schon eine Blüte, mussten wir diese beiseitelegen. So die Anordnung der Mutter. In kleinen Bündeln mit einem Faden umwickelt, wurde das Kraut über Nacht zum 01. Mai getrocknet. Mit dem Sonnenaufgang am Maifeiertag begannen in unserem Haus die Vorbereitungen. Erst einmal dem Wetterbericht lauschen – haha, gut für eine Wanderung am frühen Nachmittag. Ort und Zeit waren fast immer gleich – entweder hinüber nach dem kleinen Ort Starkenburg, um im Café vor Ort ein Eis oder einen Kuchen zu essen, oder ins Waldrestaurant „Hödeshof" – viel mehr Abwechslung war nicht drin.

Bevor wir losgingen, hieß es für meine Mutter noch alles für das Abendessen zu richten. Neben einem kleinen Grillfest sollte es auch die berühmte Maibowle geben. Weinflaschen lagen im Kühlschrank, der edle Bowlentopf stand für die Füllung bereit. Den hatte meine Mutter vor Jahren von ihrer Verwandtschaft geschenkt bekommen. Für mich hatte dieser Topf stets etwas ganz Tolles. An der Schale der Bowle waren berühmte Burgen der Mosel, wie die Burg Eltz, getöpfert. Oft stand ich vor diesem Topf und drehte ihn von links nach rechts, nur um mir die einzelnen Burgen anzuschauen. Das ging natürlich an einem Maifeiertag nicht. Wie in Mutters Rezeptbuch eingetragen, kamen zwei Flaschen trockener Weißwein hinein, ein wenig Zucker und das Bündel Maikraut. Wichtig: kopfüber – keine Stängel durften in die Bowle. Hatten wir etwas Geld übrig, konnten wir uns mal einen halbtrockenen Sekt zur Mischung leisten. Meist blieb es jedoch bei der Flasche Mineralwasser! Was die Bowle ebenfalls spritzig machte – nur anders.

Kamen wir glücklich und zufrieden am frühen Abend von unserem kleinen Ausflug zurück, genossen wir nicht nur das Grill-Abendessen, sondern auch die Maibowle. Meine Zufriedenheit wurde noch gesteigert, indem ich mir wieder den Bowlentopf und seine wunderschönen Burgen anschaute. Ich weiß nicht, wo der Bowlentopf heute geblieben ist. Aber für mich hat er wie die Maibowle einen festen Platz in meinen Gedanken. Bekommt man auch heute das Getränk fertig im Supermarkt zu kaufen, kann dies dennoch nicht meine Erinnerung verdrängen an diesen ersten Tag im Mai mit dem edlen Getränk. Kann es einen schöneren Start in den Wonnemonat Mai geben? Ich glaube kaum.

Haben Sie den Fischmann gesehen?

Was es alles in meiner Kindheit gab! Wenn man als Kind wie ich auf dem Land groß wurde, war vieles eine Seltenheit! Wie der Fischmann! Fisch war in meiner Kinderzeit ein Luxus. Daher stand nur ab und an Fisch auf unserem Speiseplan! Meist war es der Hering, der in verschiedenen Gerichten verarbeitet wurde. Besonders zu Ostern musste mindestens an einem Tag Fisch auf den Tisch, meist in Form von Heringssalat. Und das zu Karfreitag!

Daher war meine Mutter mit Beginn der Karwoche damit beschäftigt, nach dem Fischmann Ausschau zu halten. Einmal die Woche hielt er auch in unserem Ort an verschiedenen Stellen an – fast immer um die gleiche Uhrzeit! Bei uns war dies stets direkt gegenüber – meist um 14.00 Uhr – wie praktisch! Er fuhr mit seinem kleinen VW-Bus über die Lande! Mit lautem Gehupe, das fast wie eine Melodie klang, machte er auf sich aufmerksam. Stand er dann, kletterte er hinten in den Bus, öffnete seine Klappe und die ganze Vielfalt von Fischen lag vor uns. Sonderangebote gab es gelegentlich auch schon mal – Seelachs zum Beispiel. Doch wehe, wenn man ihn nicht hörte! Das durfte nicht sein und schon gar nicht zu Ostern!

An eine Karwoche erinnere ich mich noch genau! Meine Mutter hatte den Speiseplan für Ostern und Karfreitag bereits zwei Wochen davor zusammengestellt. Wie jedes Jahr sollte dabei auch Fisch auf den Speiseplan. „Normalerweise kommt der Fischmann am Mittwoch. Dann könnte ich frischen Fisch für unser Karfreitagessen kaufen, wenn er nicht so teuer ist!", sprach sie meist mehr zu sich selbst. Wir Kinder waren ebenfalls mit den Vorbereitungen für Ostern beschäftigt, auch damit, auf den Fischmann zu achten! Es kam der Mittwoch und wir lauschten alle auf sein Signal! Doch von dem guten Mann war nichts zu sehen; es war fast 15.00 Uhr, als meine Mutter unsere Nachbarin fragte: „Haben Sie heute schon den Fischmann gesehen?" „Ja, der kam heute wegen der Feiertage schon etwas früher, er war ungefähr vor zwei Stunden hier!" Ein Schreck in der Nachmittagsstunde für meine Mutter. Die Nachbarin sah es und versuchte, ihr zu helfen. „Der müsste aber noch im Nachbardorf sein – er hat so etwas gesagt!" Das Nachbardorf war circa zwei Kilometer von uns entfernt. Ein Auto besaßen wir ja nicht, also blieb nur, sich auf den Fahrradsattel zu schwingen. Selten habe ich meine Mutter so schnell auf ein Fahrrad steigen sehen wie an jenem Tag. Wir Kinder mussten mit unseren Fahrrädern mit, falls sie ihn nicht direkt finden würde. Doch das Glück kam zu uns zurück. Meine Mutter entdeckte ihn am Rande eines Bauernhofes. Er war gerade dabei, seine Auslagen zu ordnen, bevor er seinen Verkaufsstand schloss. Für meine Mutter die Gelegenheit: „Da habe ich aber noch einmal Glück gehabt", sprach sie ihn an und gab dann ihre Bestellung auf. Glücklich wie eine Königin mit Gefolge fuhr meine Mutter mit uns und mit ihrem Einkauf nach Hause – das Karfreitagessen war somit gerettet. Was für sie bedeutete, keine Speiseplan-Änderung und damit mehr Zeit für das Fest – manches Mal kann ein Schreck in der Nachmittagsstunde auch zum Glück verhelfen! Wie im Fall meiner Mutter.

Flieg, Maikäfer, flieg!

Sie werden bei diesen Worten sicherlich an das bekannte Volkslied denken! Stimmt zwar, aber ich habe eine andere Erinnerung, wenn ich diese drei Wörter höre. Im Mai, wenn es rund um unser Dorf überall blühte und grünte, wollten wir abends auf die Suche gehen. Auf die Suche nach einem Maikäfer. Ich war oft mit meiner Freundin Veronika unterwegs. Jede von uns nahm ein leeres Geleeglas und legte ein paar frisch gepflückte Blätter hinein. Mit einer Taschenlampe, für alle Fälle, einem Stück Karton und einem kleinen Plastiksieb zogen wir los. Ich wohnte am Ende des Dorfes und holte meine Freundin, die in der Mitte wohnte, meist gegen 19.00 Uhr ab. Die Abendsonne glühte und wir marschierten unterhalb der Häuser in die Felder hinein. Im Laufe der Jahre wussten wir bereits aus Erfahrung, wo sich die meisten Maikäfer in den Sommermonaten aufhielten: im Getreidefeld in der Nähe eines Strommastes, was unsere Suche nicht gerade einfach machte. Denn der Strommast brummte auch! Dieses Geräusch von dem Brummen eines Maikäfers zu unterscheiden, war nicht leicht! Wir brauchten daher auch eine ganze Menge Geduld und Freude am Suchen. Aber die hatten wir!

Waren wir am besagten Feld angelangt, legten wir uns auf die Lauer. Mit den ersten Strahlen der Abendsonne wurden die Maikäfer aktiv. Wir sahen einen vor uns fliegen, waren aber nicht bereit, ihn zu fangen. Wir nahmen das Stück Karton in die eine Hand, das Sieb in die andere und schauten uns um. Wir horchten und hörten den Maikäfer erneut. Ich schlich ans Feld heran und sah den Maikäfer auf einer Getreideähre sich niedersetzen. Jetzt war Geschicklichkeit gefragt! Leise und mit aufmerksamen Augen setzte ich zaghaft einen Schritt vor den anderen. Hielt Karton und Sieb bereit. Nach einer gefühlten Pause von einer Minute trat ich hervor und stülpte dem Maikäfer das Sieb über und den Karton unter. Alles in der gleichen Sekunde! Denn sonst könnte er mir wieder entwischen! Das passierte mir oft, konnte ich meist meine Bewegungen nicht anpassen.

Schaffte ich es dann doch einmal, musste nun auch der zweite Schritt klappen. Sprich, den Maikäfer in besagtes Geleeglas zu befördern, wo er für eine Weile mit Essen versorgt sein würde. Auch diesen Schritt schafften wir, wenn auch nicht oft. Hatten wir einen wunderschönen Maikäfer in unseren Gläsern, traten wir dann meist den Heimweg an. Die Abendsonne war dann meist schon untergegangen, was für uns hieß, möglichst bald zu Hause zu sein, wollten wir keinen Krach mit unseren Eltern erleben. Ab und an schaute ein Bauer noch ins Feld und war meist nicht sehr erfreut darüber, wenn wir durch eine seiner Wiesen auf der Suche nach Maikäfern streiften. Denn im Juni sollte die Heuernte beginnen. Eine Arbeit, bei der auch der geduldigste Bauer keine Spuren von Maikäfer suchenden Kindern sehen wollte. Kann ich heute verstehen; damals als Kind hatte ich da eher meine Schwierigkeiten.

Der Komposthaufen

Den Komposthaufen kennen heute nur noch die eifrigen Hobbygärtner. Ich kenne ihn auch und kennengelernt hatte ich ihn in meiner Kindheit. Da war er ein ständiger Begleiter. Und das aus gutem Grund! Denn nach guter Lagerung wurde daraus die beste Erde. Eine Erde, die meine Mutter für ihre Pflanzen im Frühjahr aufbrauchte, ohne etwas dafür zu bezahlen.

Damit aus Abfall auch Kompost wird, hatte meine Mutter in ihrem Garten, direkt hinter dem Haus, ein kleines Viereck vorgesehen, zwei gleich große Teile. Der eine Teil, meistens rechts, war für die Lagerung und Ruhe, damit aus dem vielen Abfall gute Erde wurde. Und den anderen Teil hatte meine Mutter als aktuellen Komposthaufen bezeichnet, er war meist auf der linken Seite. Somit erhielten wir Kinder von unserer Mutter die Anweisung, Essensreste und Grünabfall immer auf den zurzeit richtigen Teil zu werfen, den linken. Wehe, wenn wir uns hier mal geirrt hätten, was selten vorkam.

Damit das Leben für uns Kinder auch dafür einfacher wurde, hatte meine Mutter vorgesorgt. In unserer Küche stand immer ein Eimer aus Eisen mit einem Deckel – ohne diesen ging gar nichts. Wie hätten wir denn sonst der kleinen Bewohner im Haus Herr werden sollen? Die grauen Mäuse suchten in allen Ritzen und Löchern die Gelegenheit, sich mal den einen oder anderen Leckerbissen zu schnappen. Was für ein Schreck meiner Mutter durch die Glieder fuhr, wenn sie ein solches Exemplar über den Küchenboden flitzen sah! So schnell wie diese ungewollten Hausbewohner kamen, waren sie auch wieder verschwunden. Was blieb uns anderes übrig, als eine Mausefalle aufzustellen? Ein kleines Gerät, aus Holz, mit einem Eisendraht und einer Feder. An deren Ende war ein spitzes Ende aus Metall, dort legte meine Mutter dann meist ein Stück Käse hinein. In der Hoffnung, dass sich die Maus darin verirrt. Und wir bekamen die Anweisung, den Abfalleimer nun öfter zu entleeren und zum linken Teil des Komposthaufens zu bringen.

Denn der andere Teil, der rechte, sollte ja schon bald für die neue Pflanzzeit benutzt werden. Das war eine Aufgabe meines Vaters. Im Sommer musste er den gelagerten Bereich mindestens einmal wöchentlich mit einer Schaufel umschichten. Ein Kraftakt, selbst für so tüchtige Männer wie meinen Vater. Stück für Stück hob mein Vater den unteren Bereich nach oben und umgekehrt. Damit daraus auch lockere Erde wurde, schob mein Vater bei solchen Aktionen immer trockene Äste oder Holzspanabfall dazwischen. War die Erde dann so richtig, wie meine Mutter sie brauchte, hatten wir Kinder die nächste Aufgabe. Nämlich die Erde vom Komposthaufen in eine Schubkarre zu heben. Doch nicht zu viel, denn wir hatten ja noch eine kleine Strecke damit zu bewältigen. Meist wurde sie für den gemieteten Garten, circa 20 Meter vom Komposthaufen entfernt, benötigt. Dort angekommen, kippten wir die Erde auf den gewünschten Platz. Zurück zum Komposthaufen für die zweite Runde. So eine Aufgabe konnte schon mal einen ganzen Samstagvormittag dauern. Moment mal, war da nicht noch ein anderes Problem? Ja, stimmt, die Maus. Wirklich, eines Morgens entdeckte meine Mutter sie unterhalb des Spülbeckens in der Küche, gefangen in der Mausefalle.

Selbst ist die Frau!

Das Frühjahr bringt für viele Menschen etwas Neues, eine Veränderung oder einfach einen Neustart! Die ersten Sonnenstrahlen im Frühjahr bringen die Menschen auf neue Gedanken. „Ach, was möchte ich alles gerne im Haus ändern – eine neue Farbe an den Wänden wäre schön!" Mehr Frische und gute Laune gewiss. Auch Frauen, die allein leben, haben oft das Ziel, etwas im Frühjahr zu verändern.

Doch normalerweise ist das Handwerk eine Sache für den Mann. Was macht Frau allein, wenn sie keinen Helfer in der Nähe ihrer Wohnung hat? Dann bleibt nur eines: „Selbst ist die Frau!"

Von meinen persönlichen Erfahrungen kann ich eine Geschichte erzählen. Nach langen und kalten Wintermonaten hatte ich einmal den Wunsch, mein Wohnzimmer lebendiger werden zu lassen. Statt der Farbe Beige sollte es beim Teppich eher Rot sein. Die Gardinen, die am Fenster hingen, sollten weg. Sie hatten mir im Winter das Licht genommen. Die Fotos und Bilder brauchten andere Rahmen, ach, die Liste ging noch weiter.

Wie bei jeder großen Veränderung in der Wohnung musste ich erst einmal ins Möbelgeschäft. Meine Wahl war Ikea; dort suchte ich einen roten Teppich. Und fand diesen auch. Die Bilderrahmen sowie die Kissen für die Stühle passend dazu. Etwas Grün sollte auch noch sein, die Palme war schnell im Einkaufswagen. Auf dem Wagen türmte sich meine Auswahl und damit ging ich zum Bezahlen. Nach dem Zahlen musste alles in mein Auto. Mit ein paarmal Hin und Her fand auch das letzte Teil seinen Platz. Heim ging die Fahrt und meine Freude nahm zu. Diese Freude hielt auch den ganzen Weg zurück an. Mit einem strahlenden Sonnenschein im Rücken. Als hätte der Wettergott von meinen Veränderungen gewusst, ließ er die Sonne auch am Nachmittag scheinen. Dieser warme Frühlingstag war himmlisch und kam genau richtig. Erste Tätigkeit: die Gardinen abhängen. Zweiter Schritt: die Gardinenstangen abmontieren, was schon schwieriger war. Die Schrauben aus der Decke zu drehen, kostete mich sehr viel Kraft. Doch es gelang. Denn Frau wäre nicht Frau, wenn sie solche kleine Veränderungen nicht selbst machen könnte. Die „alten" Teppiche wurden eingerollt und nach draußen für den Müll gesammelt. Weiter ging es mit Boden putzen, Schränke und Stühle abstauben, Bücher umsortieren. Wie schön das alles aussah! Mein Wohnzimmer strahlte im neuen Licht und somit war das Zeichen gegeben, meine Einkäufe aus dem Auto zu nehmen. Der rote Teppich lag als Erstes, jetzt den Tisch daraufstellen. Doch erst beim zweiten Anlauf gelang das auch. Dann die Stuhlkissen anbinden, die Bilder mit neuen Rahmen an die Wand hängen. Mit jedem Stück sah ich, wie mein Wohnzimmer schöner und farbenfroher wurde. Genau die richtige Stimmung für das Frühjahr. Genau so hatte ich es mir vorgestellt. Und als die Sonne unterging, war ich mehr als zufrieden, mit mir selbst. Denn ich hatte es geschafft. Und, wie meist, genau gemäß dem Spruch: „Selbst ist die Frau!"

Der Teppichklopfer

Erinnern Sie sich noch an den Teppichklopfer? Er war in den 50er-Jahren ein unentbehrliches Hausgerät – aus Weiden geflochten sah er aus wie ein Tennisschläger. Doch seine Aufgabe war eine andere. Meist in der Woche vor Ostern, wenn wir Kinder Schulferien hatten, wollte meine Mutter den großen Frühjahrsputz machen. Dazu zählte für sie auch die Reinigung der Teppiche im Wohnzimmer. Was heute meist der Staubsauger erledigt, mussten wir mithilfe des Teppichklopfers tun. Ja, wir, denn das Ausklopfen von Teppichen war die Aufgabe der Kinder. Aber erst der Reihe nach. Bevor der Teppich eingerollt werden konnte, musste der Tisch vor dem Sofa beiseitegestellt werden. Dann rollten meine Mutter und ich den edlen Wohnzimmerteppich zusammen. Gemeinsam, sie voran und ich hinterher, trugen wir dieses schwere Stück hinter unser Haus. Dort stand sie – die Teppichstange. Wir nutzten diese auch, um daran Klimmzüge zu machen – ein wenig Sport zwischendurch musste auch schon mal sein.

Hing der Teppich erst einmal richtig über der Stange, drückte mir meine Mutter den Teppichklopfer in die Hand. „Du weißt ja, richtig ausklopfen, bis kein Staub mehr herausfliegt, verstanden?" „Jawohl", war meist meine Antwort und schon ging es los. Ich klopfte von links und von rechts und sah zu, wie die einzelnen Staubteile vom Teppich wegflogen. Nach guten zehn Minuten musste ich mal eine kurze Pause einlegen. Haben Sie irgendwann einmal einen Teppich ausgeklopft? Ja, dann wissen Sie sicher, wie mühsam das sein kann. Das ist anstrengender als die Klimmzüge an der Stange. Noch ehe ich wieder ans Werk ging, schaute meine Mutter aus dem Küchenfenster, wie konnte es auch anders sein! „Bist du schon fertig?", lautete ihre Frage. „Nein, ich habe nur mal eine kurze Pause eingelegt, darf ich doch, oder!" „Denk daran, wir müssen noch zwei andere Teppiche reinigen heute!", lautete ihre Antwort. Also ging es erneut los. Ich nahm alle meine Kräfte zusammen und klopfte, klopfte. Nach zehn Minuten

ging ich nach oben und sagte meiner Mutter Bescheid. „Teppichwechsel!"
Der von mir rein geklopfte Teppich musste jetzt noch mit Teppichschaum
gebürstet werden, damit die Farben schön leuchteten zu Ostern. Auch das
habe ich getan. Welch eine Arbeit!

Ich hatte stets Achtung vor der ersten Ferienwoche und vor dem Frühjahrsputz. Und mehr noch hatte ich Respekt vor diesem Gerät im Haushalt meiner Mutter. Denn in diesen Jahren nutzten meine Eltern dieses
Teil auch für etwas ganz anderes. Wenn eines von ihren Kindern, ich
einschließlich, was aber selten vorkam, nicht auf ihre Ratschläge hörten,
gab es den einen oder anderen Klaps mit … na, Sie wissen schon, mit
dem Teppichklopfer, ganz klar. Dass dabei das eine oder andere Exemplar
zu Bruch ging, brauche ich Ihnen nicht zu erzählen. Neu besorgt war er
schnell, auf jeden Fall in jenen Zeiten. Auch darin haben sich die Jahre
geändert.

Hitzefrei – die schönste Schulzeit!

Hochsommer, draußen schien die Sonne, die Temperaturen stiegen immer mehr. In der Schule saßen wir Kinder in der Schulbank, vor uns ein Deutschbuch. Eine schwere Geschichte, die wir bei dieser Hitze lesen mussten. Dazu noch ein Lehrer, der an einem solchen Tag keine Ausnahme machte. Wir hatten dennoch einen kleinen Hoffnungsschimmer! Nämlich, dass der Hausmeister der Schule um 10.00 Uhr einen Gang durch das Schulgebäude machen würde! Nein, nicht um uns beim Lernen zuzuschauen. Sondern um auf das Thermometer zu schauen – das war unser Wunsch! Denn dann konnte es möglich sein, dass der Schultag kürzer ausfallen würde – hitzefrei hieß das Traumwort.

Es war an einem Mittwoch, ein besonders heißer Tag Ende Juni – ich erinnere mich noch genau. Der Stundenplan sah einen langen Unterrichtstag von 8.00 Uhr bis 13.00 Uhr vor. Gerade die letzten beiden Stunden waren nur schwer zu überstehen. Deutschstunde! Unser Deutschlehrer: ein Mann, der einen Schriftsteller und Dichter verehrte: Bertolt Brecht! Haben Sie schon mal einen Text von diesem Autor gelesen? Oder mussten Sie etwas über einen seiner Texte in Ihrer Schulzeit schreiben? Nein, dann seien Sie froh! Wir mussten, und das ausgerechnet an diesem heißen Sommertag! Zur Vorbereitung hatten wir die Texte einen Tag früher von unserem Lehrer erhalten. Doch zwei von meinen Mitschülern hatten das schöne Sommerwetter anders genutzt und standen nun ohne Vorbereitung da. 9.30 Uhr – unsere erste Pause nach zwei schon anstrengenden Schulstunden – wir standen auf dem Schulhof. Während wir unser Pausenbrot aßen, blickten wir alle ständig auf das Lehrerzimmer uns gegenüber. Nichts zu sehen, rein gar nichts – hinter den Gardinen war nichts zu erkennen.

Mit dem Pausengong, der uns in unsere Klasse zurückrief, ging es mühevoll weiter. Mathematik kam nun als Nächstes. Uns blieb aber wirklich nichts erspart. Während wir mit dem Errechnen der ersten Aufgabe zu tun hatten, knisterte es in unserem Klassen-Lautsprecher. Und nur wenige Sekunden später ertönte die ruhige Stimme des Schuldirektors: „Liebe Schülerinnen, liebe Schüler, kurz nach 10.00 Uhr hat das Schulthermometer bereits die zulässige Grenze von 27 Grad im Schatten überschritten. Die Schulleitung ist daher zum Entschluss gekommen, heute die letzten beiden Schulstunden ausnahmsweise ausfallen zu lassen. Wir bitten euch alle, um 11.20 Uhr das Gebäude zu verlassen und euch unverzüglich nach Hause zu begeben. Vielen Dank!"

Unser Daumendrücken hatte genutzt! Nichts konnte uns in unserem Jubel über diese Entscheidung bremsen, schon gar nicht unser stets so solider Mathematiklehrer. Nach der vierten Stunde – da hatten wir Erdkunde – stürmten wir Schüler hinaus. Die in der Stadt wohnten, hatten es gut. Wir Kinder vom Hunsrück mussten noch auf unseren Bus warten, der erst um 13.20 vom Bahnhofsplatz in der Stadt abfuhr. Viele von den Schülern, die diesen Bus nehmen mussten, sahen sich nach einem Warteplatz um. Ich überprüfte meinen Reichtum an Kleingeld und konnte mein Glück nicht fassen. Das Geld in meiner Tasche würde für eine Kugel Erdbeereis reichen! Meine Freundin war dabei – auch sie fand die Idee toll!

Nach einem Fußmarsch von langen 15 Minuten waren wir am Ziel – der Eisstand war in Sicht! Doch auf diese Idee waren noch viele andere an diesem Tag gekommen – vor dem Stand hatte sich eine lange Warteschlange gebildet. Nach wenigen Minuten jedoch hielt ich mein Eis samt Waffel in den Händen und meine Freundin auch. „Mhmm, wie lecker!", sagten wir zwischen Schlecken und Schmatzen. Ganz langsam gingen wir zu unserem Bus. Auch darin herrschte Hitze pur, eine Klimaanlage kannte keiner von uns. Doch das konnte uns nicht traurig stimmen. Denn die Hitze würde uns sicherlich bald die nächsten Freistunden bringen. Vielleicht für den Spätunterricht Physik und Chemie – an diesem Tag könnte das Thermometer um 10.00 Uhr ruhig wieder die Grenze überschreiten!

Luftballone kennen keine Grenzen!

So sagt man! Ob es auch stimmt, konnte ich als Kind erleben. Wie in der Grundschule, wo Luftballone zum Schulprogramm gehörten. An einem Sommermorgen hatte unser Klassenlehrer in der Grundschule Luftballone für uns alle mitgebracht. Die Luftballone aufzublasen, war eine mühevolle Tätigkeit, und das nicht nur für uns Mädchen. Meine Schuldfreundin war auch nicht geschickt darin und fragte einen Jungen in unserer Klasse, ob er ihren Luftballon aufblasen würde. Er tat dies gerne. Ich dagegen war zu schüchtern, um einen Jungen zu fragen, also mühte ich mich mit dem Aufblasen ab. Nach endlosen Minuten, so kam es mir vor, hatte ich den Luftballon auf eine stattliche Größe gebracht. Teil 1 der Übung erledigt, doch die Luft im Ballon zu lassen und ihn zu verschließen, das war schon komplizierter. Kinder, die damit schon mehr Übung hatten, knoteten das Ende einfach zusammen. Ungeübte wie ich nahmen ein Gummiband zu Hilfe, das wurde schnellstmöglich um das Ende gewickelt und fest verschnürt. Denn mein Luftballon sollte einen weiten Weg antreten.

Im zweiten Schritt unserer Schulstunde sollten wir die Luftballone lustig anmalen. Meine Freundin malte einen Schmetterling auf ihren grünen Ballon! Doch was sollte ich bloß auf meinen grünen Luftballon malen? Mir fiel einfach nichts ein; ich saß schon so lange auf meinem Platz ohne einen einzigen Strich. Das bemerkte auch unser Lehrer und kam an meinen Platz. „Wie wäre es, Claudia, wenn du eine Butterblume darauf malen würdest? So sähe dein Luftballon wie eine Wiese aus!", versuchte mich mein Lehrer zu überzeugen. „Gute Idee, danke", sagte ich ihm und begab mich ans Werk. Schon kurze Zeit später hatte ich meinen Wiesenballon fertig. „Sehr schön", lobte ich mich selbst.

Im dritten Schritt bekam jeder von uns eine Postkarte vom Lehrer in die Hand gedrückt. Michael, ein Mitschüler, guckte verdutzt auf die Karte: „Was soll ich denn damit?", lautete seine Frage. Unser Lehrer antwortete geduldig: „Ich habe euch doch heute Morgen erklärt, dass Luftballone mit dem Wind schon mal weit fliegen können. Da dachte ich mir, wie schön es wäre, wenn vielleicht ein kleines Mädchen in Frankreich oder ein Junge in Russland deinen Luftballon mit der Karte finden und sie dir zurückschicken würde. So könnte doch ganz nett ein Austausch zwischen Russland oder Frankreich und Deutschland stattfinden. Oder vielleicht fliegen eure Ballone nach England oder Spanien, wer weiß! Hier im Adressfeld schreibt ihr eure Namen, mit Straße, Postleitzahl und dem Ort, wo ihr wohnt." Unser Lehrer zeigte auf einer Postkarte den Platz, wo wir unsere Adresse schreiben sollten. „Hier auf der Rückseite ist noch Platz für ein oder zwei Sätze von euch! Na, wie findet ihr diese Idee?" Ich stellte mir beim Betrachten der Karte vor, dass ich ja eventuell ein Mädchen aus Frankreich kennenlernen könnte – das wäre doch toll! Plötzlich war es ganz still in unserem Klassenraum. Jeder Schüler und jede Schülerin schrieb. Dann wurde ein Locher von Platz zu Platz weitergereicht, mit ihm wurde ein Loch in die Mitte der Postkarte gemacht. Durch dieses Loch zog jeder von uns ein festes Band und befestigte das Ende an den Luftballon. Kurze Zeit danach stürmten wir aus der Klasse in den Schulhof – es war sehr windig. Woher der Wind kam und wohin er wehte, darauf achtete niemand von uns. Wir liefen auf den kleinen Hügel neben dem Schulhof und stellten uns in die Reihe – unser Lehrer auch. Auf seinen Aufruf: „Nun lasst eure Luftballone fliegen!" ließen wir alle unsere Ballone los. Sie stiegen in den Himmel. Und wir schauten sehnsüchtig ihrem Flug nach. Sehr schnell waren sie aus unserem Blick verschwunden.

Drei Monate später. Es war Herbst mit heftigem Herbstwind im Gepäck. Ich kam von der Schule heim. Nicht weit von unserem Garten fand ich einen Luftballon, der sich in einem Johannisbeerstrauch verfangen hatte. Vorsichtig nahm ich ihn heraus und entdeckte, dass auch dieser Luftballon eine Karte hatte. Eine Alice aus England hatte ihn geschickt – wie schön der Luftballon war! Mein Entschluss stand fest: Ich schicke Weihnachtsgrüße an Alice! So hoffte ich auf eine Freundschaft über Grenzen hinweg – genauso wie unser Lehrer es vorausgesagt hatte.

Spielende Kinder – Kinderspiele

Wenn die Sommersonne die Straßen, Wiesen und Felder in unserem Dorf wärmte, ging es los. Im Frühjahr war dies noch einfacher als im Sommer, da dann die Bauern noch nicht so oft mit dem Traktor auf das Feld fuhren. Meine Freundinnen und ich suchten uns immer Plätze für unsere Spiele und fanden diese auch. Mal blieben wir im Hof einer meiner Freundinnen, der geteert war. Ein anderes Mal ging es zum Innenhof bei unserem Nachbarn, der auch Bauer war. Das war nicht immer einfach, da er ab und an mit seinem Traktor vorfuhr. Für unsere Spiele brauchten wir wenig Geld, aber meist viel Fantasie.

Das Spiel „Gummitwist" wurde damals meist von Mädchen gespielt. Was wir dazu brauchten: ein langes, elastisches Gummiband, das für die Jüngeren um die Knöchel von zwei Mädchen gelegt wurde. Die standen sich nämlich bei diesem Spiel gegenüber. Bei den Älteren wurde das Band um die Knie, ab und an jedoch auch mal um die Hüfte gelegt. Wichtig war es, das Spiel, ohne hängen zu bleiben, durchzustehen. Ein anderes Mal suchten wir flache Kreidesteine, mit denen wir auf dem Teer Kästchen malten. Auch ein ganz sparsames Spiel. Die Steine fanden wir kostenlos in unserer Nachbarschaft. Heute kaufen die Eltern für ihre Kinder Straßenkreide. Das Spiel hat heute den Titel „Himmel und Hölle" – wir hatten hierfür unsere eigenen Namen. Doch die Spielregeln waren und sind gleich. Steine werden in die Kästchen geworfen, anfangs darf der Spieler nur mit einem Bein ins Kästchen, um den Stein aufzuheben. Später mit zwei Füßen in zwei Kästchen, bis der Spieler sein Ziel erreicht hat. Ich war damals nicht so geschickt und musste ab und an eine Runde aussetzen, was mich oft traurig stimmte.

Federball war auch ein beliebtes Straßenspiel – wir mussten aber immer aufpassen, dass die Federbälle nicht in der Regenrinne einer Scheune oder eines Hauses landeten. Abgesehen davon, dass der Federball eventuell die Rinne hätte verstopfen können, hätten wir dann auch keine Federbälle

mehr gehabt. Ich erinnere mich noch, dass ich ab und an meine Mutter oder eine meiner Patentanten um einen Geldzuschuss für einen entsprechenden Einkauf bat. Den bekam ich dann auch, aber immer mit dem Hinweis, besser aufzupassen. Alles Spiele, die von uns Mädchen gespielt wurden.

War doch ab und an ein Junge aus der Nachbarschaft in unserer Runde, war unser Ziel meistens klar. Das Bachbett, circa 700 Meter unterhalb unseres Hauses. Dort konnte man herrlich Staustufen anlegen, nach kleinen Fröschen oder Kröten suchen, Äste sammeln und noch vieles mehr. Je nach Tageszeit konnte es schon mal passieren, dass ein Fuchs oder ein Feldhase unseren Weg kreuzte und wir dann wie gebannt schauten, wohin diese ihren Weg nahmen.

Die Bäume mit ihren Blättern boten noch eine andere Möglichkeit. Ein Baumhaus bauen – toll! So einfach war dies dann aber doch nicht, denn dafür mussten wir erst die Genehmigung des Bauern einholen. Hatte der Bauer unseren Hausbau genehmigt und war dann unser Haus bezugsfertig, spielten ein Nachbarsjunge und ich ein Ehepaar. Ich als Ehefrau war für die Küche verantwortlich. Mein Essen hatte Zutaten von der Wiese oder war mit Früchten aus dem Baum gekocht. Mein damaliger „Ehemann" musste sich um das Haus und die Einrichtung kümmern. Während meiner Kindheit gab es Baumhäuser, die nur einen Sommer lang überlebten. Andere hatten eine längere Lebensdauer bis ins nächste Frühjahr. Spätestens mit dem Baumschnitt wurde auch dieses Werk abgerissen, leider!

Waren das nicht herrliche Spiele damals? Versuchen Sie heute einmal die Kinder dafür zu begeistern – glauben Sie, das gelingt uns noch?

Letzter Schultag vor den Ferien – Schulzeugnisse

Juni – der Monat, in dem der Sommer beginnt. Schon am ersten Junitag saßen wir Schüler meist stöhnend in unserem Klassenzimmer, denn die Sommersonne schien unerbittlich durch die Fenster. Bei einer solchen Hitze unseren Lehrern zuzuhören, war mehr als schwierig. Bei den vielen Fächern, wie zum Beispiel Deutsch, Rechnen, Fremdsprache Englisch – das Lernen war nicht einfach in jener Zeit. Dabei mussten auch noch die letzten Klassenarbeiten geschrieben und bestanden werden. Also war der Tagesablauf der folgende: morgens Schule, nachmittags Lernen für die Klassenarbeit und dazu noch Schularbeiten erledigen. Das dauerte manches Mal bis zur Schlafensgehzeit. Eine richtige Plackerei für uns Schüler, jedoch nicht nur für uns! Denn unsere Lehrer mussten die heißen Nachmittage mit dem Korrigieren unserer Arbeiten verbringen. Sich das als Schüler und Kind vorzustellen, machte uns schon ein wenig froh. Denn ein wenig Schadenfreude sei uns vergönnt. Hatten wir erst unsere letzte Klassenarbeit in einem Fach geschrieben, grübelten und zitterten wir, bis wir unsere Arbeit zurück in den Händen hielten. Lächelte der Lehrer bei der Übergabe an mich, war ich mir zumindest sicher, dass ich bestanden haben müsste. Welche Note hatte ich bekommen? – Da schaute ich gleich nach. Sogar mit einer Note „Drei" konnte ich jubeln. Dennoch, das Zittern hielt an bis zum letzten Schultag im Sommer, bis zu jenem Tag, an dem es die Zeugnisse gab.

Als Schülerin führte ich selbst Buch und zählte die Tage bis zum großen Augenblick. Waren erst einmal alle Klassenarbeiten für das Schuljahr geschrieben, gab es meist nichts Neues mehr. Es wurden vielmehr einige Themen wiederholt, ein Schulausflug war auch geplant. Nur die Schüler, die Mitglied im Schulchor und Schulorchester waren, hatten Tage mit vielen Übungsstunden vor sich. Denn jedes Jahr musste auch die oberste Klasse ins Berufsleben verabschiedet werden, und dafür gab es immer eine schöne Feier mit Chor und Orchester.

Nach Tagen der Ungewissheit war es dann endlich so weit. Der große Schulranzen blieb zu Hause – außer einer kleinen Umhängetasche und einer stabilen Mappe für das Zeugnis hatte ich nichts dabei. Im Klassenzimmer warteten wir alle mit ein wenig Ungeduld auf unseren Klassenlehrer. Denn dieser Tag war die Stunde der Wahrheit. Das Zeugnis wurde uns überreicht, und zwar fast immer gleich. Der Klassenlehrer rief den Namen des Schülers mit Familiennamen auf. Ich war in der Mitte dran. Hörte ich meinen Namen „Claudia Herber", stand ich zaghaft von meinem Stuhl auf und ging nach vorn zum Lehrer. Er übergab mir das Zeugnis, jedoch nie, ohne noch ein paar Worte zu meinen Leistungen zu finden. „Na ja, Claudia, dieses Jahr warst du schon um ein Vielfaches besser, aber in Deutsch und in Englisch musst du noch besser werden! Mehr lernen und weniger Freizeit!"

Danach gingen wir alle noch in die Schulaula, wo der Schulleiter eine Rede hielt – immer mit Blick auf das neue Schuljahr. Mit seinen Schlussworten: „Ich wünsche euch allen schöne Ferien!" war endlich das Startsignal da. „Hurra – Sommerferien! Sechs lange Wochen keine Schule!" Was wollte ich nicht alles in dieser Zeit unternehmen: im Freibad schwimmen, Eis essen, Fahrrad fahren, lange ausschlafen, Bücher im Schatten unseres Hauses lesen und sicherlich noch vieles mehr! Nicht zu vergessen, müsste ich sicherlich auch meiner Mutter bei der sommerlichen Gemüse- und Obsternte helfen – auch das stand auf dem Programm! Doch erst einmal war erster Ferientag – und der war für mich!

Ein Besuch stellt alles auf den Kopf!

Mit Beginn der Sommerferien planten wir Kinder schon mal den einen oder anderen Ausflug. Doch damit waren wir nicht allein. Denn das taten auch meine Tante und ihre Familie, ebenfalls sechs Personen wie wir. In einem Jahr, wir schrieben das Jahr 1974, war es so weit. Ich muss heute lächeln, wenn ich an die Ankunft meiner Tante und ihrer Familie denke. Mein Onkel hatte ja nicht allzu viel Geld damals und fuhr ein Goggomobil. Können Sie sich so ein Auto vorstellen? Ja? Dann wissen Sie sicher, wie viel Platz darin ist. Und nun stellen Sie sich dieses kleine Auto vor, vollgepackt mit der kompletten Familie meiner Tante. Dazu noch die Koffer, welche die Familie für die Ferienzeit bei uns brauchte. Die Familie wohnte in der Heimat meiner Mutter, Kürten-Bechen, ein kleines Städtchen in der Nähe von Köln. Von dort aus fuhren sie damals und erreichten unser Haus an einem Freitagnachmittag. Ich habe damals meine Tante echt bewundert und fand es spannend, alle Personen aus diesem Auto aussteigen zu sehen. Zwei lange Wochen wollten sie ihre Ferien bei uns im Hunsrück und in unserem Haus verbringen. Dabei war unser Haus schon für unsere Familie mit sechs Personen sehr eng und hatte keinen Platz. Doch nun noch sechs Personen dazu? Ein Besuch, genauer dieser Besuch, stellte alles auf den Kopf. Anstatt als Kind im Bett allein zu schlafen, mussten sich in diesen zwei Wochen nun zwei Kinder das Bett teilen. Die Couch im Wohnzimmer wurde jeden Abend zur Schlafcouch ausgezogen. Kopfkissen und Decken wurden aus der Reserve geholt und in die Zimmer verteilt.

Für alle Mahlzeiten wurde unser Esstisch im Esszimmer ausgezogen – gegessen wurde in zwei Gruppen – einmal die jüngeren Kinder, dann die Eltern mit den älteren Kindern – je nachdem wer gerade zu Hause war. Für das Kochen wurden wir alle beschäftigt. Wir Kleinen schnippelten das Gemüse, die etwas älteren Kinder passten auf die Suppe und den Braten auf. Mit Pudding und Obst wurde so mancher Nachtisch gezaubert.

Ein Badezimmer hatten wir damals noch nicht. Das Spülbecken in der Küche wurde morgens und abends zum Waschbecken! Die nassen Handtücher hängten wir draußen am Tag und über Nacht zum Trocknen auf die Wäscheleine! Die Sommernächte hatten damals noch die passenden Temperaturen.

Samstag als Badetag blieb – die Reihenfolge wurde mit unserer Verwandtschaft verlängert – der Badetag auch. Statt nachmittags um 16.00 Uhr starteten wir bereits um 15.00 Uhr. Sonst hätten wir nicht das Samstagabendprogramm einhalten können. An einem Wochenende war damals ein Weinfest in der Stadt an der Mosel, nur neun Kilometer von uns entfernt. Ein großes Fest, das wir unserer Verwandtschaft unbedingt zeigen mussten. Doch wie würden wir nach Traben-Trarbach kommen – alle zusammen? – Unmöglich! Mein Vater hatte ja kein Auto! Doch was möglich war, war die Fahrt nach Starkenburg – in der Gaststätte „Schöne Aussicht" konnten wir alle das Feuerwerk vom Weinfest anschauen! Auch dafür mussten wir genau planen. Meine Eltern fuhren zusammen mit meiner Tante in deren Auto. Für uns Kinder blieb die Möglichkeit, ein Fahrrad zu nutzen. Für die Wanderfreunde blieb der Fußmarsch von vier Kilometern, auch möglich. Dass wir nach diesem Ausflug alle so fest schliefen wie ein Stein, erklärt sich wohl von selbst.

Während der zwei Wochen stand Wandern mit Picknick auf dem Plan. Mal führte der Marsch in unser Nachbardorf, mal an die Mosel! Waren wir unten an der Mosel, gingen wir Kinder zum Minigolfspielen. Am Nachmittag auch ein Eis essen, das war die Krönung eines solchen Ausflugs. Obwohl wir die zwei Wochen sehr schön fanden, waren wir Hunsrücker auch wieder erleichtert, als der Tag des Abschieds kam. Denn dann hatte jeder in unserer Familie wieder sein Bett für sich und das Essen fand wie gewohnt zu sechst an einem Tisch statt. Eine Frage noch: Wie hätte unsere Tante ihr Haus umstellen müssen, wenn wir mal auf Besuch gekommen wären? – Anders, das ist sicher!

Mollig warm!

Die Novembertage und -abende in meiner Kindheit waren meist kühl, nass und oft grau in grau! Wenn ich leicht unterkühlt in jener Zeit von der Schule heimkam, freute ich mich auf die Zeit in unserem Wohnzimmer. Dort saß ich meist an einem kleinen Tisch und machte meine Schulaufgaben. Und der Kohleofen heizte diesen Raum auf eine traumhafte Temperatur. Meist waren es bei uns im Zimmer um die 25 Grad. Mit einer kleinen Reserve neben dem Ofen. In einem runden Korb mit Holz und ein bis zwei Briketts. Diese Temperatur hatten wir auch im Sommer. Und wie bei jedem Vergnügen begann auch in dieser herrlichen Jahreszeit das Vorsorgen für den Herbst.

Es begann im Juni, mit der Lieferung der Briketts – rechteckig und schwarz wurden diese in den Hof geschüttet. Meist an einem Samstag, denn dann konnten wir Kinder helfen. Leicht waren sie auch nicht. Doch zuerst wurde die Nische im Keller ausgekehrt, wo noch einige Briketts vom letzten Winter übrig waren. Eine Arbeit, die mich anschließend wie einen Schornsteinfeger ausschauen ließ. Die Reste vom Vorjahr wurden in einen Korb gesammelt und auf die Kellertreppe gestellt. Denn diese mussten wir zuerst verbrauchen. Dann kam der zweite Teil der Samstagarbeit. Mit anderen Körben und Eimern trugen wir die Briketts nach unten. Meine Mutter oder mein Vater, je nachdem wer Zeit hatte, nahm die Körbe im Keller an und leerte sie auf dem sauberen Platz. Die Briketts wurden dann ganz korrekt aufeinandergestapelt. Wenn man nur wenig Platz hatte, wie wir in unserem Haus, musste jeder Zentimeter ausgenutzt werden. An einem solchen Arbeitstag war ich so müde, dass ich nichts mehr unternehmen konnte. Erst noch baden und nach dem Abendessen ging es direkt ins Bett.

Zur selben Zeit kaufte mein Vater bei der Ortsgemeinde Holzstämme – meist gab es dafür einen Versteigerungstag. Hatte er den Zuschlag bekommen, gab man ihm die Flurnummer mit dem Namen des Waldes. Denn unsere Holzstämme hatten die Waldarbeiter bereits gefällt und markiert. Somit war der erste Schritt getan, doch wie würden wir das Holz nach Hause bekommen? Das war weitaus schwieriger.

Meist fragte mein Vater seinen Bruder im Nachbardorf, der Bauer war. Hatte er mal einen Samstag frei, fuhren er und mein Vater zusammen zu dem Wald mit Traktor und Anhänger. Ich meist mit und durfte dann auch auf dem Sitz neben meinem Onkel Platz nehmen, denn Traktorfahren machte Spaß! Die Freude hielt an bis zu dem Platz, wo unser Holz lag. Denn dann mussten alle anpacken, um die Stämme auf den Anhänger zu bekommen. Waren alle eingesammelt, ging es mit dem Traktor zu uns nach Hause. Das Abladen von den Stämmen war schon einfacher. Zweiter Schritt getan. An mehreren Samstagen schnitt mein Vater dann die Stämme in Stücke. Das Quietschen der Säge habe ich heute noch im Ohr. Ich war glücklich, wenn ich das Geräusch nicht mehr hören musste.

Da diese Stücke nicht in unseren Ofen passten, mussten sie noch einmal geteilt werden. Holz hacken hieß diese Tätigkeit, die man auch als Sport betrachten konnte. Die Axt war schwer, das Holzstück auch. Die Holzstücke mit Schwung auf einem Stamm zu zerteilen, dafür brauchte der Holzhacker viel Kraft. Meine Aufgabe war es, die Stücke in Körben einzusammeln, in unsere Scheune zu bringen und richtig zu stapeln. Mein Vater kontrollierte meine Arbeit. War sie nicht so, wie er sich das vorstellte, musste ich häufiger von Neuem beginnen. War nun der Heizvorrat für den Winter im Haus und in der Scheune, war ich froh. Alles erledigt. Somit konnte uns im November nichts passieren und wir mollig warm in unserem Wohnzimmer sitzen. Und noch einen Vorteil hatte ich dann; denn dann waren alle Anstrengungen vom Sommer vergessen. Ich musste nicht frieren und konnte mich im Wohnzimmer in Sessel und Sofa einkuscheln. – Schön, nicht wahr?

Hallo Whisky!

Wenn Sie bei diesem Wort an Alkohol denken – weit gefehlt! Whisky hieß der Langhaardackel von meinen beiden Freunden, Pia und Lutz. Sie waren die Kinder des Inhabers unserer Gastwirtschaft und wir drei waren im gleichen Alter. Ich lernte die beiden durch ihren Hund Whisky kennen. Whisky, welch passender Name für einen Hund, der zur Familie mit Gastwirtschaft gehörte.

Wenn keine Schulaufgaben auf mich warteten, ging ich mit meinen beiden Freunden und Whisky oft spazieren. Wir gingen entlang der Getreidefelder und auch mal in unseren kleinen Park hinter der Kirche. Denn dort befand sich ein Sandkasten. Whisky hatte Spaß daran, sich durch den Sand zu wühlen. Das sah man dann auch. Zu Hause in der Gastwirtschaft angekommen, musste Whisky erst gebürstet werden. Kein Sand durfte er in die Gaststätte tragen, da waren die Eltern von Pia und Lutz eisern.

Eines Tages zogen Lutz und ich allein los, ohne Pia, die ihrer Mutter in der Gastwirtschaft helfen musste. Wir hatten Whisky an der Leine, bis wir außerhalb unseres Dorfes waren. „Was meinst du, Lutz, sollen wir Whisky mal von der Leine lassen?", fragte ich ihn beim Gang durch die Felder. Er schaute sich um, kein Traktor zu sehen und kein Heulader, ein ruhiger Nachmittag also. „Ich weiß nicht recht, obwohl, viel passieren kann ja nicht!" So starteten wir unseren Versuch und ließen Whisky laufen. Er hatte seine Freiheit direkt für sich entdeckt und lief los. Wir hinter ihm her! Er stürmte in ein Getreidefeld, es war ja Juni, und war ruck, zuck darin verschwunden. „Whisky, Whisky, wo bist du?", riefen Lutz und ich und umrundeten mehrmals das Feld. Wir konnten ja nicht genauso durch das Getreidefeld stürmen wie er! Da wäre der Bauer wütend geworden. Nach einer Viertelstunde, die uns endlos vorkam, standen wir immer noch ohne Hund da! Wo mochte er nur geblieben sein? Ich fühlte mich schuldig und sagte dies Lutz auch. Er schwieg, aber seine Augen hatten sich mit Tränen gefüllt. Meine auch! Aber ich wollte nicht aufgeben; irgendwie müssten wir Whisky finden! Seitwärts des Feldes war ein breiter Baumstamm, auf den setzten wir uns. Wir dachten über viele Möglichkeiten nach, Whisky zu finden. Doch keiner unserer Vorschläge war richtig gut. „Ich muss um 18.00 Uhr zu Hause sein; wenn wir ihn nicht in zehn Minuten finden, muss ich ohne Whisky los", sagte Lutz ängstlich zu mir. Denn dass er pünktlich zu Hause sein musste, hatte ich schon öfter mit ihm erlebt. Just in dem Moment, wo wir unsere Niederlage eingestehen und umkehren wollten, hörten wir ein fröhliches Bellen seitwärts von uns. „Whisky ist wieder da!", rief ich erleichtert aus. Lutz nahm seinen Hund direkt an die Leine. „Wo warst du denn, Whisky?", sprach Lutz seinen Hund an. An seinem Fell konnten wir vermuten, was er gemacht hatte. Er hatte wohl eine Feldmaus gejagt, so schmutzig wie er war. Das hieß für uns wieder kräftiges Bürsten und Reinigen von Whisky, bevor er die Gaststätte betreten konnte. Doch all das machte uns nichts aus. Lutz und ich waren überglücklich, den Hund wieder zu haben und an der Leine zu führen. Dieser Nachmittag war uns eine Lehre und beim nächsten Spaziergang blieb Whisky an der Leine!

Trachtenverein – Tanzen im Reigen!

Als Kind auf dem Land zu leben, war nicht immer leicht! Einerseits hatte man die Ruhe für die Hausaufgaben und die Muße zu lernen. Andererseits fehlte uns eine Abwechslung, wie Mitglied in einem Verein zu sein. Doch unser Dorf hatte einen ganz besonderen Verein, eine Trachten-Tanzgruppe, bestehend nur aus Mädchen! Nicht gemischt aus Jungen und Mädchen wie die Trachtengruppen in Bayern oder Umgebung!

Einmal die Woche, meist am Dienstagabend, war der kleine Gemeindesaal für unsere Tanzübungen reserviert. Der Leiter des Trachtenvereins und seine Frau hatten die Musik für die nächsten Auftritte ausgewählt. Diese Musik mussten wir uns erst einmal am Abend anhören. Dann ging es los, Schritte lernen und sie auch im Gedächtnis behalten. Ein Mädchenpaar wurde ausgewählt, das vor der gesamten Gruppe die Schritte vortanzte. Einmal tanzten wir einen Donauwalzer, ein anderes Mal war es eine Polka. Klingt einfach – doch das war es nicht immer. Denn das Erlernen der Schritte hatte uns schon so manchen Abend ins Schwitzen gebracht.

Waren wir erst einmal für den Auftritt bereit, mussten wir unsere Trachtenkleider anziehen. Weiße Bluse mit Blumen, roter Rock verziert mit einer Blumenschürze, rote Stiefel, eine kleine rote Tasche, so schmückten wir uns. Ein Kleinbus wurde gemietet, der uns zu unseren Zielorten fuhr. Ich war fast jedes Mal wahnsinnig nervös – so ein großer Auftritt! Auch fragte ich mich oft, ob ich auch alle Schritte gut behalten habe. Aber das hatte ich – nur selten tat ich einen falschen Schritt. Zu den Winzerfesten oder auch zu einem Trachtentreffen in der Umgebung fuhren wir. In Kröv an der Mosel gab es jedes Jahr das sehr bekannte internationale Trachtentreffen. Gruppen aus ganz Europa trafen und treffen sich auch noch heute in dem kleinen Winzerort an der Mosel. Immer am ersten Sonntag im Juli, auch das ist Tradition. Somit brannte meist die Sonne von einem strahlend blauen Himmel. Dass ich an einem solchen Sommertag den

Wunsch hatte, lieber im Schwimmbad zu sein, als zu tanzen, ist doch verständlich, oder? Doch wer in einem Verein A sagt, muss auch B sagen. In Kröv mussten wir vor 13.00 Uhr sein. Denn der Zugführer stellte die Reihenfolge der Trachtengruppen zusammen. Unser Trachtenverein war meist in der Mitte des Umzuges aufgestellt. Jeweils zwei Mädchen trugen einen halben Reif, der mit Kunst-Tannengrün und Bändern verziert war. Mit dem Reif, gehalten von unserem rechten Arm in der Mitte, marschierten wir los und winkten ohne Pause mit unserem linken Arm in die Menge. Begeisterte und fröhliche Zuschauer winkten zurück. Der Trachtenumzug hatte fast immer die gleiche Route. Von dem einen Ende des Dorfes bis zum Weinbrunnen in der Mitte des Dorfes Kröv. Das Publikum klatschte voller Dankbarkeit. Und deren Begeisterung nahm meist noch zu, wenn wir im Zelt am Weinbrunnen unsere einstudierten Tänze vorführten.

Von Mai bis September war so mancher Sonntagnachmittag verplant. Viele Jahre war ich Mitglied in dieser Gruppe. Durch die vielen Ausflüge und Tanzauftritte habe ich so manchen netten Ort an der Mosel und in der Umgebung kennengelernt, wofür ich heute noch dankbar bin. Aber mit der Änderung in der Gruppenleitung gab es keine neuen Tänze und keine Abwechslung mehr. Somit wurde auch der Gang zum wöchentlichen Übungsabend mehr zur Pflicht als zur Freude. Dies war dann für mich ein Grund, nicht weiterzumachen, sondern aufzuhören. Ich gab meine Tracht und alles andere zurück; in der Hoffnung, dass eine Nachfolgerin mehr Freude daran haben würde als ich. Hoffen darf man ja!

Dem Himmel entgegen!

Das war ein großer Wunsch von mir als Kind! Immer dann, wenn ich den Himmel betrachtete und gleichzeitig seine Entfernung zur Erde! Ganz sehnsüchtig schaute ich dann nach oben, musste jedoch oft aufgeben! Aber nicht immer, wenn auch bescheidener – im kleineren Rahmen!

Es blieb mir eine Möglichkeit! Meistens im Sommer, wenn ich schon früh mit den Hausaufgaben fertig war und mir noch ein wenig Zeit blieb, ging ich los! Ich lief dann in den Park hinter der Kirche in unserem kleinen Dorf. Ein Ort, wo sich einige der Dorfkinder öfter trafen. Die einen spielten Fußball auf dem Rasen, die Kleineren mit ihren Formen in der Sandkiste. Eine andere Beschäftigung bot uns ein Stand mit zwei Schaukeln. Die eine hing etwas niedriger, für die kleinen Kinder, die Älteren nahmen auf der anderen Schaukel Platz; sie war höher aufgehängt. Beide Schaukelbretter waren mit einer Eisenkette befestigt. Wie oft stand ich davor und wartete, bis die größere Schaukel frei war. War es dann endlich so weit, stürmte ich los und nahm auf dem hellen Brett Platz! Links und rechts hielt ich die Eisenkette fest. Mit meinen Füßen drückte ich mich vom Boden ab und nahm an Fahrt auf. Vor und zurück, vor und zurück – und mit jedem Schwung glaubte ich, meinem Traum näher zu kommen. Denn ich hatte beim Schaukeln ein Ziel: dem Himmel entgegenzuschweben! Als Kind habe ich immer geglaubt, dass dies möglich sei. Aber leider taten mir meist nach einer Viertelstunde Schaukeln die Hände weh. Das Innere von meinen Händen war rot, vom Halten der Eisenkette beim Schaukeln. Auch darin war mein Glaube unbeirrbar; ich glaubte oft, mit einer kleinen Pause würde dies schon wieder gehen. Also überließ ich meiner Freundin die Schaukel, bis auch sie wegen ihrer Hände aufgeben musste.

Dann versuchte ich es erneut und schaukelte mit meinem festen Entschluss, dem Himmel näher zu kommen. Vor und zurück, immer wieder, bis sich wieder meine Hände zu Wort meldeten. Ich ließ die Schaukel aus-

schweben und mit dem Bremsen meiner Füße stand sie still. „Oh, wie tun mir die Hände weh!", sagte ich zu meiner Freundin. Auch sie betrachtete ihre Hände, meine sahen noch etwas schlimmer aus. An manchen Stellen meiner Hände war sogar eine offene Wunde zu sehen – was bedeutete, dass ich die nächsten Wochen wohl nicht mehr schaukeln konnte und durfte.

Oder wenn ich es gar nicht mehr aushalten konnte, dann nur noch mit Handschuhen, und das im Hochsommer! Aber versuchen Sie mal, Ihre Mutter im Sommer davon zu überzeugen, Handschuhe tragen zu dürfen. Mit der Erklärung, dass Sie mit Handschuhen schaukeln möchten! Warum? Ganz einfach, um dem Himmel entgegenzuschweben, doch damit war selbst meine Mutter nicht zu überzeugen. Wirklich schade, nicht wahr?

Rollschuh laufen – neu und alt!

W as man als Kind so alles an Sportlichem lernt! Neben Radfahren, Schwimmen, verschiedenen Ballspielen war für uns Mädchen auch noch etwas anderes interessant! Rollschuh laufen! Rollschuh laufen ohne Hinfallen und ohne sich zu verletzen, dafür musste ich als Kind schon sehr beweglich sein. Meine ersten Rollschuhe erbte ich von meinen Geschwistern. Einfach und für viele Schuhgrößen passend. Man zog diese einfach unter die Schuhe an, einen Halt vorn und einen Halt hinten mit einer Schnalle jeweils – fertig! Je nach Schuhgröße konnte ich die Rollschuhe verlängern oder verkürzen, daher auch für viele Generationen brauchbar.

Hatte ich die Rollschuhe erst einmal an, suchte ich mir einen Platz. Der sollte möglichst geteert und eben sein, damit ich die ersten Schritte üben konnte. Ich wollte ja nicht in einen Traktor rennen oder kopfüber in der Wiese landen! Meist übte ich im Sommer, hatte dann auch kurze Hosen an. Was aber nicht immer gut für meine Übungsstunden war, denn fiel ich mal hin, hatte ich mir gleich Knie und Hände aufgeschlagen. Das tat weh und sah nicht schön aus, außerdem mussten die Wunden erst einmal versorgt werden. Das hieß auch: Rollschuh-Verbot für die nächsten Wochen – und das in den wunderschönen Sommerferien!

Mit dem amerikanischen Film „Xanadu" war eine andere Art von Rollschuhen in den 80er-Jahren sehr beliebt. Rollschuhe mit den Schuhen gleich obendrauf – es gab sie für jede Größe zu kaufen! Hieß aber auch gleichzeitig, ein Vererben von Generation zu Generation war nicht mehr leicht möglich. Ich wollte diese Rollschuhe gerne haben, doch alles Betteln bei meinen Eltern und meinen Geschwistern blieb ohne Erfolg. Doch dann war es ein Freund meiner Schwester, der mir ein solches Paar zu meinem Geburtstag schenkte. Wie glücklich und stolz war ich! Nun hielt mich nichts mehr! Ich musste diese direkt mal ausprobieren. Ein kleiner Schutz für die Knie war auch mit dabei! Doch die Suche nach einem passenden Probeplatz blieb schwierig! So übte ich öfter mal auf dem Radweg an der Mosel in unserem kleinen Städtchen. Einfach war dies nicht, musste ich ja dort Fußgängern und Radfahrern ausweichen. Eine Bremse war an den Rollschuhen vorn angebracht. Oft benutzte ich diese nicht, konnte es doch passieren, dass ich dann kopfüber auf die Straße fiel.

Viele Jahre hatte ich keine Zeit mehr – denn auf meinem Stundenplan stand: Studieren und Lernen statt Rollschuhlaufen. Nach meinen Abschlüssen und mit Mitte 30 entdeckte ich die dritte Generation von Rollschuhen – genannt Inlineskater. Die Rollen befinden sich hier in der Mitte unter dem Schuh und nicht mehr an der Seite. Zu der Zeit wohnte ich in der Nähe von Frankfurt. Eines Abends fand ich dort einen Radweg, der ideal für meine Übungsstunde war. Mit dem Auto fuhr ich an den Radweg heran, zog die Rollschuhe an, genauso wie den Schutz für meine Knie, Arme und Hände. Mit einem Fahrradhelm auf dem Kopf konnte nichts Schlimmes mehr passieren. Zunächst geradeaus, dann mal nach rechts und mal nach links. Doch einfacher war es auch nicht, denn mit dieser Art von Rollschuhen war ich schneller. Das bedeutete: Achtung! Radfahrer fuhren ja auch auf diesem Weg – also nicht nur auf den Gegenverkehr achten! Nach einer Stunde ging es zurück zum Auto. Sportlich fit! Seit einigen Monaten erinnere ich mich wieder gerne an diese Abende zurück, denn diese Rollschuhe habe ich noch. Sie wieder anzuziehen und vielleicht an der Mosel in Frankreich meine Runden zu drehen, wäre sicherlich ein guter Vorsatz, bestimmt nicht nur für ein Jahr!

Der Rosenkavalier

Nur der Titel hat mit der Oper von Richard Strauss zu tun und das Überreichen der Rose ist als eine Botschaft zu deuten. Welche Botschaft kann eine Frau aus der Farbe einer Rosenblüte lesen? Die weiße Rose bedeutet Unschuld und Treue. Rosafarbene Blüten eines Rosenstraußes überbringen der Dame des Herzens die ersten Gefühle. Ja, und rote Rosen muss ich Ihnen sicherlich nicht erklären.

Meine Schwester Rita, so ihr Name, war acht Jahre älter als ich und im Städtchen an der Mosel sehr bekannt und beliebt. Ein Mann, der in der Stadtzeitung beschäftigt war, sah meine Schwester oft mittags in der Pause an die Mosel gehen. Sie anzusprechen oder mal zu einem Essen einzuladen, traute er sich nicht. Er wollte jedoch nicht aufgeben. Durch die Zeitung und mit Büchern vertraut, suchte er nach einer anderen Möglichkeit. Und siehe da, er fand in den Zeilen mancher Bücher die Gewissheit, dass viele Frauen Männer nett finden, die ihnen einen Rosenstrauß überreichen. Einfach so oder zu einem besonderen Anlass überbringen, wie ein Geburtstag. Schwierig, wenn der Mann den Geburtstag seiner Traumfrau nicht weiß. Dann muss der Mann auf die Suche gehen. Das tat Heinrich, so der Name des heimlichen Verehrers, auch. Ich weiß nicht mehr, wie er dieses wichtige Datum herausgefunden hat. Aber er hat. Just am 21. Geburtstag meiner Schwester, ein traumhaft schöner Julimorgen, begann meine Schwester ihren Tag wie immer. Nichts deutete darauf hin, dass sie heute etwas Besonderes erfahren würde. Geschenke von der Familie und gute Wünsche von der Verwandtschaft waren für sie schon normal. Ein wenig früher als sonst kehrte sie am Nachmittag nach Hause zurück. Meine Mutter hatte ihr eine leckere Mokka-Sahne-Torte machen lassen, die wir zu ihrem Geburtstag essen durften. Eine 21 war in der Mitte der Torte mit Mokkabohnen verziert – dieses Stück gehörte meiner Schwester allein. Wir waren alle gerade mit der Kaffeerunde fertig, als ein Auto in der Nähe unseres Hauses parkte. Ein Mann, schlank und groß gewachsen, mit seiner Brille wie ein Lehrer aussehend, spazierte über unseren kleinen Hof. Es war Heinrich! Ich erkannte ihn, hatte ich ihn doch schon einige Male in der Stadt oder sein Foto in der Zeitung gesehen. In der linken Hand hielt er einen wunderschönen Rosenstrauß – langstielig und weiß. Es klopfte an der Tür – eine Klingel hatten wir damals noch nicht. Meine Mutter öffnete die Tür. Zaghaft erkundigte sich Heinrich bei ihr: „Ist Rita zu Hause?" „Ja, einen Moment, bitte!", antwortete meine Mutter. „Kommen Sie herein!" Nicht nur sie war etwas verwundert, wir Geschwister waren es auch. „Rita, kommst du mal herunter, ein Herr ist hier." Mehr sagte meine Mutter nicht! Rita war in weniger als einer Minute unten im Hausflur. Und stand dann Heinrich direkt gegenüber. Unser Haus war ja nicht besonders groß. „Ach, Sie sind es!", begrüßte meine Schwester ihren Rosenkavalier. „Rita, ich wollte Ihnen diese Rosen zu Ihrem Geburtstag überreichen." Kurze Stille, denn Heinrich suchte nach weiteren Worten „Herzlichen Glückwunsch zu Ihrem Geburtstag!" Meine Schwester nahm die Rosen mit Staunen entgegen und zählte, es waren 21 Rosen – für jedes Lebensjahr eine! Heinrich fasste erneut Mut und fragte meine Schwester: „Ich würde Sie auch gerne zu einem Abendessen einladen." „Vielen Dank für die schönen Rosen. Heute geht es aber leider nicht – ich sage Ihnen Bescheid!" Dabei blieb es auch. Viele Jahre folgten und Heinrich versuchte es jedes Jahr aufs Neue. Mit einem Rosenstrauß, der jedes Jahr mit dem Alter meiner Schwester auch an Rosen zunahm. Und deren Farbe langsam von Weiß über Rosa bis zu Rot wechselte. Ein Mann, der die Bedeutung der Rosenfarben kannte. Doch was nützte es ihm? – Sein ganzes Werben und seine Geschenke wurden entgegengenommen. Doch der Erfolg, seine große Liebe mal zum Abendessen einzuladen, blieb aus!

Hagebutten – loss et jucken!

Der Herbst brachte so manche Überraschung. Besonders in den Jahren als ich noch Kind war. In den Herbstferien half ich unserer Mutter öfter bei der Ernte! Der Vorrat für den Winter musste gesichert sein. Über eine andere Ernte war ich nicht glücklich: wenn die Jungen in der Schule oder in der Nachbarschaft sich einen Schabernack für uns Mädchen ausdachten – mit einer Frucht: Sie ist klein, länglich rund, rot und wächst in Dornen! Helle, feine Haare zieren ihren Kopf, die mit einer kleinen Krone endet. Na, wissen Sie, welche Frucht ich meine? Ja, die Hagebutte! Denn dass die Hagebutte auch für einen Schabernack genutzt werden kann, hatten die Jungen schnell entdeckt.

Die Jungen liefen zu den Sträuchern und pflückten die Früchte. Dann entfernten sie die Blätter von der Frucht. Seitlich schlitzten sie die Hagebutte auf. In einem Augenblick, wo ich nicht auf die Jungen und ihr Werk achtete, nahm ein Junge die geöffnete Hagebutte in die Hand. Er steckte die Hagebutte von hinten in meinen Pullover, unter mein Unterhemd. Denn sie sollte meine Haut auf dem Rücken berühren. So rasch wie das passierte, hatte die Frucht auch ihr Ziel erreicht. Meine empfindliche Haut reagierte sofort. Wo die Hagebutte entlanggerollt war, waren Streifen und Pusteln zu sehen. Oh, wie meine Haut juckte! War ich von unserem Haus entfernt oder in einem anderen Ort, wusste ich nicht, was ich tun sollte. Und musste mit dem Jucken den Heimweg antreten. Zu Hause angekommen, war der erste Gang sicher. Nichts wie ins Bad. Pullover und Unterhemd ausziehen. Den Rücken abwaschen und eincremen, dabei musste mir meine Mutter helfen. Denn ohne ihre Hilfe konnte ich nicht alle Stellen erreichen. Oft juckte der Rücken trotz der Creme weiter. Wie sollte ich bloß die Nacht überstehen? Im Bett rollte ich mich von einer Seite auf die andere. Und hatte immer Mühe, mich nicht weiterzukratzen. Denn das hätte alles nur noch verschlimmert!

Am anderen Morgen ging es zwar schon besser, aber die Haut war immer noch rot. Genau an den Stellen, wo gestern die geöffnete Hagebutte entlanggelaufen war. Durch diese unschöne Erfahrung war ich fortan auf der Hut! Einen solchen Schabernack wollte ich nicht noch einmal erleben! Was sagt ein Sprichwort? „Rache ist süß!" Doch nicht immer! Jetzt sollten die Jungen das auch mal erleben! So suchte ich im nahe gelegenen Wäldchen nach einer Hagebutte. Und fand eine. Ich wusste ja, welcher Junge mir gestern seine Hagebutte in den Pullover gesteckt hatte. Am frühen Nachmittag traf ich einige Klassenkameraden zum Kastaniensammeln beim Bauern im Dorf. Der Junge von gestern war auch dabei. Dass ich nun auch eine Hagebutte hatte, wusste er natürlich nicht. In einem Moment, als er Kastanien aufsammelte, lief ich von hinten zu ihm hin. Schnell ließ ich meine Hagebutte in seinen Pullover rollen. Doch er hatte mehr Glück als ich – meine Hagebutte berührte nur seine Schulter.

Doch das wenige Jucken genügte. „Uuuuuh, das juckt aber!" Ich antwortete ihm: „Jetzt weißt du, wie es auf meinem Rücken gejuckt hat! Versprechen wir uns, diesen Schabernack nicht mehr zu machen – nicht mehr dieses Jahr und nicht in der Zukunft!" „Ja, versprochen, lass uns weiter friedlich Kastanien sammeln!" Das taten wir auch – Frieden unter Kindern!

Mit (Ver-)Laub

Die Menschen lieben Jahreszeiten; die einen den Frühling, die anderen den Herbst. Der Winter brachte die Ruhe, die dann nach mehreren Wochen für viele zu ruhig wurde. Diese Menschen sehnten den Frühling herbei. Doch hatte erst diese Jahreszeit begonnen mit Bäumen, die blühten, hörte ich schon mal ab und an ein kleines Stöhnen. Warum denn nur? Die Antwort: So schön die Bäume im Frühling auch sind, so bringen sie jede Menge Arbeit für den Gärtner im Herbst. Denn jede Blüte eines Baumes fällt nach ihrer Zeit auf den Boden – was für jeden Gärtner bedeutet: eifriges Kehren, damit Straße und Wege auch im Herbst sauber bleiben. Doch davor ernten sie im Sommer die reifen Früchte wie Kirschen, Pflaumen, Äpfel oder auch Birnen. Davon kochte so manche Hausfrau, auch meine Mutter, eine leckere Marmelade, einen süßen Kompott oder Obst im Glas für den Winter – köstlich!

Nach der Ernte blieb auf dem Baum nur eines übrig: die Blätter. Als Kind habe ich oft laut gestöhnt und in meinem Inneren den Winter herbeigesehnt. Denn gerade im Herbst hatten unsere Eltern uns Kindern eine Spezialaufgabe für den Samstagnachmittag aufgegeben: das Einsammeln von Laub von der Straße und dieses auf den Komposthaufen im Garten zu bringen. An einen Samstagnachmittag erinnere ich mich heute noch. Meine Mutter wählte mich für diese Aufgabe aus, obwohl ich nicht wollte. Was blieb mir anderes übrig! Also schnappte ich mir einen Eimer, den Straßenbesen, die Schaufel und den Handfeger. Eingepackt mit Jacke und Schal ging es nach draußen. Der Wind wehte stoßweise über das Land, am Himmel war kein einziger Sonnenstrahl zu sehen. Was sollte ich alles kehren an diesem Tag! Angefangen vor unserem Garten, weiter nach links den Bürgersteig entlang, über die Scheune bis zum Rand unseres Grundstücks, wo das Haus stand – also gute 100 Meter. Ich kehrte, ich schaufelte, ich presste das Laub und brachte es auf den Komposthaufen. Nach dem dritten Gang legte ich eine kleine Verschnaufpause ein, taten mir doch die Hände weh. Ungewohnte Arbeit halt! Doch es half nichts – die Straße musste sauber sein für den Sonntag, da waren meine Eltern unerbittlich. Also fing ich erneut an, doch der Plastikeimer stand ein wenig vor mir, ganz frei! Was für eine Chance für eine Windböe, die mit einem kräftigen Schub über uns hinwegfegte. Sie ergriff meinen Eimer mit dem Laub, wirbelte ihn auf die Straße und mit dem Eimer auch das Laub. Vor Schreck ließ ich alles fallen, mit einem Blick nach links und rechts lief ich auf die Straße, schnappte mir den Eimer. Puh, erster Schritt erledigt! Aber ich musste auch noch das Laub wieder einfangen, das auf der Straße lag. Haben Sie schon einmal versucht, Herbstlaub bei Wind mit Böen einzufangen? Ja? Dann können Sie sicherlich verstehen, dass ich nach diesem Rundlauf mehr als unglücklich war! Kaum hatte ich das Laub auf der Schaufel, flog es weg und nicht in den Eimer. An diesem Samstagnachmittag dauerte mein Kehrdienst nicht zwei Stunden, sondern vier Stunden! Meine restliche Freizeit war dahin. Denn nach dem Samstagnachmittag-Kaffee begann das übliche Baden. Doch was mich noch trauriger stimmte, war die Tatsache, dass der saubere Bürgersteig vor Haus und Scheune nur kurz anhielt. Denn mit jedem Windstoß wirbelten die nächsten Blätter vom Baum oder vom Nachbar herüber. Wozu also die ganze Arbeit?, so fragte ich mich am Abend.

Spardose – dein Einsatz!

Sparen war für uns Kinder ein Muss. Wollte und durfte ich mir nach einiger Zeit etwas kaufen, musste ich erst in das Sparbuch schauen. Nicht nur jede Münze, die ich auf der Bank einzahlte, half mir. Auch die Zinsen! Nach den Sommerferien blickten wir Kinder auf einen bestimmten Tag hin. Hatten wir erst etwas Geld verdient als Erntehelfer, kam dieser direkt in die Spardose. Auf welchen Tag wir warteten? Auf den Weltspartag, jedes Jahr am 30. Oktober!

Als ich noch in die Grundschule ging, begleitete mich meist meine Mutter zu den Banken. Denn ich hatte zwei Sparbücher. Ein Sparbuch bei der Raiffeisenbank, die hatte jeden Tag geöffnet. Und ein Sparbuch hatte ich bei der Sparkasse, die gab es nur in einem Nebenraum im Haus des Bankmitarbeiters. Am Weltspartag waren viele Kinder mit ihren Eltern dort. Ich hielt meine Spardose mit meinen Händen fest, und meine Mutter hatte mein Sparbuch in der Hand. Endlich waren wir an der Reihe, meine Mutter marschierte mit mir in das Büro. Ab und an war auch mein Bruder dabei. Die Tür hinter uns wurde vorsorglich geschlossen. Es sollte ja kein anderer von meinem Reichtum erfahren. Der Bankmitarbeiter nahm das Sparbuch und die Spardose entgegen. Mit einem Schlüssel aus seiner Schublade konnte nur er allein die Dose öffnen. Der Bankmitarbeiter schüttelte die Dose und zog Schein für Schein aus der Dose. Die Münzen rollten von selbst. Wenn die Dose leer war, verschloss er sie und gab sie mir zurück. Dann begann er all die Münzen und Geldscheine auf dem Tisch zu stapeln und fing an zu zählen. Auf einem Block notierte er: „Ah, 1 × 10-Mark-Schein, 10 Münzen von 2 DM – und viele 50- und 10-Pfennig-Stücke." Ich schaute ganz still zu und konnte es nicht erwarten. Worauf? Auf den Betrag, der heute in mein Sparbuch eingetragen würde. Endlich, der Bankmitarbeiter sagte mir der Betrag: „65,20 DM waren in der Dose, da warst du aber fleißig dieses Jahr! Und noch Zinsen von 8,60 DM vom letzten Jahr! Das macht 140,30 DM bis heute." Er notierte alles fein säuberlich in mein Sparbuch. Dann ging sein Zeigefinger die Reihe entlang. Ich folgte mit meinen Augen seinem Zeigefinger. Dann sagte er zu mir: „So viel Fleiß muss belohnt werden." Mit großer Spannung schaute ich ihm zu und fragte mich: „Was werde ich dieses Jahr wohl bekommen?" Kurz darauf wusste ich es: eine kleine Mappe mit Buntstiften! Oh, wie schön! Jedes Jahr gab es andere praktische Dinge von der Sparkasse als Belohnung. Einmal war es ein Kugelschreiber, dann ein Puzzle, das die vielen Dörfer auf dem Hunsrück mit Sparkassen-Filialen zeigte.

Mit der leeren Spardose, aber mit dem vollen Sparbuch und meinem Geschenk ging es an der Hand meiner Mutter nach Hause. Am Abend, wenn mein Vater und meine Mutter an diesem Weltspartag noch am Esstisch saßen, hatten sie eine Idee. Wie sie mich für den nächsten Weltspartag begeistern könnten! Denn stand die Dose wieder auf ihrem Platz, warf mein Vater oder auch mal meine Mutter am selben Tag eine Münze hinein. Meist 50 Pfennig – das war das Startgeld für meine Ausdauer bis zum nächsten Weltspartag! Und fiel er mal in einem Jahr auf einen Sonntag, musste ich mich noch einen Tag länger gedulden. Das ist schwer für ein Kind, das können Sie mir glauben!

Bücher aus der Gemeindebücherei –
kein Einerlei

Wenn es draußen früher dunkel wird, der Wind um die Ecken streift, sich Schnee mit Regentropfen mischt und Nebel oft den Tag grauer werden lässt, dann ist sie da: die trübe Herbstzeit! Gerade im Monat November. Als Kind habe ich diesen Monat nicht gemocht! Doch was mich freute, war, in dieser Zeit mit einem guten Buch neben dem warmen Ofen zu sitzen. Lesen, welch eine Freude, auch für mich, wenn ich ein Buch hatte. Doch so einfach war dies zu meiner Kindheit nicht. Ich hatte nicht das Glück, Bücher zu Weihnachten zu bekommen. Also musste ich eine Lösung suchen und fand sie auch. Sie hieß Gemeindebücherei! Ja, sogar in unserem kleinen Hunsrück-Dorf gab es eine solche Bücherei. Freiwillige Helferinnen von der evangelischen Gemeinde öffneten an bestimmten Tagen ihre Türen. Wann, das wusste ich immer ganz genau – wollte ich mir diese Gelegenheit doch nicht nehmen lassen! Meist hatte ich gelesene Bücher der Bücherei zu Hause, die mussten dann zurück. Ich tat sie hinein in eine wasserdichte Tasche, zog Mütze und eine warme Jacke an, los ging es!

Ich ging hinauf zu dem kleinen Saal hinter der Kirche, denn dort war sie – unsere Gemeindebücherei! In langen Regalen standen die Bücher, gut sortiert und mit einer Nummer markiert. Es sollte ja kein Buch verloren gehen! Welch eine Auswahl: Kinderbücher, Geschichtsbücher, Romane, für jeden Geschmack etwas. Ich liebte die Bücher von Astrid Lindgren, besonders „Pippi Langstrumpf", denn sie führte ein Leben, wie ich es mal gerne erleben würde. Oft blieb ich mehr als eine halbe Stunde vor einem Regal stehen. Dann nahm ich ein Buch aus dem Regal, blätterte vorn, las ein wenig und stellte es doch wieder zurück. Denn sich für ein Buch zu entscheiden, war nicht einfach. Aber ich musste es, denn schlafen konnte und durfte ich in der Bücherei nicht! Hatte ich aber meine Auswahl getroffen (mehr als drei Bücher durfte man nicht mit nach Hause

nehmen), legte ich diese fein säuberlich auf den Tisch. Daneben stellte ich meine Bücher, die ich zurückgeben sollte. Die Frau, die heute Dienst hatte, kannte mich schon: „Na, Claudia, war sicherlich nicht leicht, wieder deine Lieblingsbücher zu finden, oder?" Ich schaute auf den Tisch und blickte sie kurz an. Mit einem zaghaften „Nein, war es nicht! Da sind noch die Bücher vom letzten Mal!" zeigte ich mit meinem Finger darauf. „Ach ja, vielen Dank!" Ich schaute ihr zu, wie sie den Rückgabetag von dem Buch auf den Zettel, der sich im Buch befand, notierte!

Mein Name stand auf einer Karte – auf ihr standen all die Bücher, die ich geliehen hatte mit Datum und Rückgabetag. So wusste die Bücherei immer, wo ihre Bücher waren. Ob alt, ob neu, es durfte keines verloren gehen. Bei jedem Besuch war ich überglücklich, wenn ich die Bücher in meine Tasche packen und mit ihnen nach Hause gehen durfte. Geduld hatte ich selten – ich setzte mich meist mit einem der Bücher direkt neben den Ofen. Mit jedem Wort, das ich las, ging ich auf Reisen, wenn auch nur in meiner Fantasie. Meine Fantasie ist mir bis heute treu geblieben, wie auch meine große Liebe zu Büchern. Der Gemeindebücherei sei Dank!

Weidmannsheil! – Weidmannsdank!

Im Herbst, wenn in den Wäldern rund um unser Dorf die Blätter in leuchtenden Farben glühten, hatten wir meist viele Besucher. Auch ein Bruder meines Vaters machte da keine Ausnahme und kam mit seinem Sohn dann oft zur Jagd. Die Jagdsaison war eröffnet. Er hatte eine kleine Hütte, oberhalb eines Waldstückes, das er seit Jahren sein Eigen nennen durfte. Im Laufe des Jahres lebte er in Opladen, eine Stadt bei Leverkusen, wo er auch seiner Arbeit nachging. Nur in den Herbst- und Wintermonaten, an den Wochenenden, kam er zurück in das Dorf, wo er geboren war. Und an einem speziellen Wochenende im November war unser Dorf nicht wiederzuerkennen.

Dann trafen sich Jäger aus vielen Städten Deutschlands in unserem Dorf zu einer wohlorganisierten Jagd. Meist am Freitagnachmittag fuhren die Wagen der Jagdgesellschaft durch das Dorf zum Festplatz. Genau gegenüber war der Festsaal unseres Dorfes – dort saß man an diesem Wochenende zu den Mahlzeiten zusammen. Das köstliche Abendessen stimmte die Jäger und ihre Begleitung auf das große Ereignis ein. Doch allzu spät durfte es an diesem Abend nicht werden, denn die meisten von ihnen sollten am Samstagmorgen wieder sehr früh fit sein. Erster Jagdtag! Meist schon ein bis zwei Stunden vor Sonnenaufgang kamen die Jagdhelfer auf dem Marktplatz zusammen. Es waren junge Männer von den Bauern, die sich mit diesem Ereignis etwas Trinkgeld verdienten. Sie zogen sich orangefarbene Westen an. Dann nahmen sie Töpfe und Löffel aus Eisen in die Hände, der Jagdführer zeigte ihnen den Weg, den sie gehen sollten. Die Jagdgesellschaft hatte ebenfalls ihren festen Wegeplan, doch sie fuhren mit ihren Autos zu einem markierten Platz. Irgendwie musste ja auch das erlegte Wild abtransportiert werden. War ich schon mal an einem solchen Samstagmorgen wach und hatte sich die Jagdgesellschaft dieses Jahr den Wald in unserer Nähe ausgesucht, konnten wir sie hören – die Geräusche der Jagdhelfer und auch die Schüsse aus der Büchse. „Wenn die Büchse knallt …“, so fing auch ein altes Jagdlied an. Gegen Mittag nahm dann die Gesellschaft einen kleinen Imbiss im Wald ein, vorbereitet und geliefert von der Dorfgaststätte. Der Samstagnachmittag war für die Ruhe da. Mein Onkel nahm die Möglichkeit wahr und besuchte uns, meist spät am Nachmittag. War es kurz vor dem großen Jagdball, der das Ereignis dieses Wochenendes war, sah ich ihn im feinen Anzug und seine Frau im Abendkleid. Doch kam er kurz nach der Jagd, sah ich ihn im grünen Jagdkleid. Für meinen Vater hatte die Jagdkleidung einen gewissen Vorteil; denn oft übergab der Onkel dann einen Wildbraten, den meine Mutter sofort für Weihnachten einfror. Das festliche Essen für das Fest des Jahres war gesichert. Am Sonntagmorgen ging die Jagd in eine weitere Runde. So mussten auch die Bauernsöhne ran, wenn auch zum letzten Mal. Viele von ihnen waren sicherlich froh, wenn sie die Gesellschaft am Sonntagnachmittag wieder abfahren sahen. Wieder Ruhe im Dorf, wenn auch nur für ein Jahr.

Diese Jagd-Ball-Wochenenden sind mir bis heute in meinem Gedächtnis geblieben, auch wenn es sie schon lange nicht mehr gibt. Spaziere ich heute mal an besagtem Waldstück meines Geburtsortes vorbei, kommt es mir vor, als würde ich die Jagdgesellschaft von damals wieder sehen – und hören. Wie sie mit ihren Jagdgewehren und die Helfer mit ihren orangefarbenen Westen durch die Wälder streifen. Doch lang, lang ist es her …

Sauerkraut aus dem Topf

Mhmm, wie lecker! Aber auch hier galt das Motto: „Erst die Arbeit, dann das Vergnügen!" Im September oder Oktober, je nach Wetterlage, fing die Arbeit an. Unsere Mutter erntete ihre Weißkohlköpfe in ihrem Garten. Uns Kindern übertrug sie die Aufgabe, die Köpfe in Plastikkörbe zu legen. Mit meinem Bruder trug ich gemeinsam die Körbe in unseren Keller. Dort hatte meine Mutter sich mit langen Holzbrettern ein kleines Lager geschaffen. Aber nur für eine kurze Zeit. Denn lange liegen lassen konnten wir die Kohlköpfe dort nicht.

Somit startete meist an einem Samstag danach der zweite Schritt der reichen Ernte. Für diese Arbeit mussten wir uns mit unseren Nachbarn absprechen. Das Schneidebrett mit einem viereckigen Aufsatz gehörte nämlich ihnen und wir durften es all die Jahre für unsere Ernte ausleihen. Doch wir waren nicht allein, denn einige andere Familien aus dem Dorf brauchten das Brett in der Herbstzeit – so wie wir auch. Also fragte meine Mutter schon meist Anfang September ihre Nachbarn für einen Termin. Meine Mutter hatte für diesen speziellen Tag das Einmachsalz reichlich im Haus. Die Köpfe wurden von den Blättern außen befreit. Mit einem großen Messer wurden die Kohlköpfe erst in zwei Hälften geteilt. Die Hälften wurden unter fließendem Wasser gewaschen, eine Aufgabe für uns Kinder. Danach wurden die Hälften noch einmal geteilt! Warum, fragen Sie sich? Das musste so sein, denn anders hätten die Stücke nicht in den Schneidhobel gepasst. Wir Kinder mussten die Kohlstücke über das Schneidebrett ziehen. Eine richtige Kraftanstrengung, das können Sie mir glauben! An einem solchen Samstag taten mir abends beide Hände und Arme weh!

Die Weißkohlstreifen wurden dann gewogen und dazu das Salz abgemessen. Denn die richtige Mischung machte den richtigen Geschmack! Das war wieder eine Aufgabe, die nur meine Mutter richtig ausführen konnte. Die Streifen wurden Schicht für Schicht in den Steintopf, auch

Sauerkrauttopf genannt, gelegt. Aus den Jahren zuvor hatte meine Mutter noch einen entsprechenden Kieselstein aufgehoben. Richtig sauber gereinigt und abgewaschen, lag er bereit. Kümmel kam auf den Kohl, weißes Leinentuch darübergelegt und dann zum Schluss der saubere Kieselstein. In unserem Keller hatte der Steintopf dann seinen festen Platz.

Doch bis aus dem Kohl endlich Sauerkraut wurde, musste meine Mutter das Leinentuch mindestens dreimal wechseln und den Kieselstein abwaschen. Eine Aufgabe für meine Mutter, genauso wie den Schaum abzuschöpfen, zwei- bis dreimal in der Woche das Kraut im Topf anzuschauen.

Puh, endlich, nach vier Wochen, meist Ende November, hatte das Sauerkraut den richtigen Geschmack. Als Belohnung kochte unsere Mutter meist ein richtig gutes Sonntagsessen – Sauerkraut mit Kasseler. Dazu reichte sie oft Kartoffelpüree. Deftig lecker, genau das richtige Essen für den Herbst. Aber auch für den Winter. Das Sauerkraut sollte sich ja lange halten. Und wie schon am Anfang erwähnt, erst die Arbeit, dann das Vergnügen. Auch bei diesem Schritt. Denn nun füllte meine Mutter das fertige Sauerkraut in ihre Einmachgläser. Waren diese dann richtig verschlossen, stand unserem Essvergnügen mit Sauerkraut und Kasseler auch im Winter nichts mehr im Weg. Die Einmachgläser stellte meine Mutter in ein Regal in den Flur auf der ersten Etage. Das war richtig praktisch! Denn sagte sich mal unerwartet Besuch an, was früher häufiger vorkam, war rasches Kochen kein Problem mehr für sie. Bei so einem Vorrat!

Federweißer und Zwiebelkuchen

Mein Vater liebte den Mosel-Wein. Und der durfte auch nur von seinem befreundeten Winzer sein, den er schon seit seinen Jugendtagen kannte. Richard Barth, so sein Name, hatte ein Weingut. Ganz nach dem Sprichwort: „Klein, aber fein."

Unsere Familie besaß in jenen Tagen kein Auto, um zum Weingut zu fahren. So kam meist der Winzer selbst mit seinem Traktor oder später auch mit seinem Auto zu uns auf den Hunsrück. Im Gepäck: die neusten Weine zur Probe. Eine kleine Kostprobe von ausgesuchten Weinen. Den Geschmack meines Vaters kannte Richard Barth sehr genau. So konnte er sicher sein, dass er nach der Probe einige Kartons von seinen Weinen liefern durfte. Aber nicht nur den. Im Herbst brachte er dann auch einen Federweißer, den sehr jungen Wein, mit. Hatten wir dieses Getränk erst mal im Haus, wusste meine Mutter sehr schnell, was sie dazu als Essen reichen durfte. Einen herrlichen Zwiebelkuchen. Damit wir Kinder nicht auf ein Getränk von Vaters Winzer verzichten mussten, brachte er für uns einen leckeren Traubensaft mit. Heute noch schwärme ich von diesem herrlichen Saft!

Für den Zwiebelkuchen war das notwendige Hefestück rasch beim Bäcker besorgt. Mehl, Eier und Milch hatten wir immer im Haus. Die Zwiebeln hatten wir von der letzten Ernte im Garten auch stets vorrätig. Meine Mutter konnte sehr gut den Hefeteig machen. Wenn sie die Zwiebeln in Ringe schnitt, musste sie schon mal ab und an zum Taschentuch greifen. Denn Tränen beim Zwiebelschneiden waren gar nicht so selten. War alles bereit, wurde der Hefeteig auf dem großen Blech ausgerollt! Ein Blech war nie genug – meist hatten wir zwei oder drei. Denn eine Familie mit sechs Personen hat schon einen großen Hunger. Und für so etwas Leckeres umso mehr! Den Tisch decken – Weingläser aus dem Schrank, dazu die passenden Teller! Und nach gut einer halben Stunde konnte meine Mutter alle zum Essen rufen. Der erste Zwiebelkuchen war fertig, wurde

in sechs Portionen geschnitten. Und der zweite wurde in den Backofen geschoben. So ein besonderes Abendessen im Herbst – und das an einem Samstagabend – war etwas Besonderes.

Die Weine von Richard Barth wurden auch von unseren Besuchern gerne getrunken, kein Wunder. Doch der Federweißer war meist uns allein gegönnt, denn wer fährt schon Ende Oktober auf den Hunsrück in Urlaub? Unsere Verwandten sicherlich nicht, aber um die Weihnachtszeit konnte man den einen oder anderen Gast im Haus begrüßen.

Deftig, heftig – so mag ich Dicke Bohnen!

Als Kind habe ich dieses Gemüse heiß geliebt! Mit Speck gekocht oder ab und zu mit deftiger Mettwurst serviert. Dieses Gericht konnte jedes andere Gemüsegericht glatt in den Schatten stellen. Hierfür gab es nur zwei Probleme: die Arbeit der Ernte und die Arbeit des Einmachens!

Doch wie heißt es so schön im Volksmund: „Arbeite nur – die Freude kommt von selbst." – Das galt natürlich auch hier. Mit der Ernte, so Mitte Juni, durften wir Kinder unseren Dienst tun. Ausgestattet mit Eimer und Handschuhen, pflückten wir im Garten die langen Bohnenfrüchte und füllten damit Eimer um Eimer. Diese wurden dann in Körbe entleert und an unser Haus gebracht. War das Wetter gut und es war warm draußen, zogen wir mit Gartenstühlen vor unser Haus. Die Haustür blieb natürlich offen. Dort saßen wir dann, in trauter Runde, nahmen Bohnenschale für Bohnenschale, öffneten diese an der Narbe und pflückten die einzelnen Bohnen heraus. Diese warfen wir dann in eine große Schüssel, die unsere Mutter auf einem kleinen Tisch hingestellt hatte. Wir hatten damit einen Vorteil – wir konnten neben der Arbeit alles beobachten, was auf der Straße passierte. Interessant, nicht nur für uns, auch für alle diejenigen, die an unserem Haus vorbeigingen. Doch ich muss zugeben, eine andere Freizeitbeschäftigung als dicke Bohnen von ihren Hülsen zu befreien, wäre mir schon lieber gewesen. Ich weiß nicht mehr, wie viele Stunden wir damit vor unserem Haus verbracht haben, aber einige waren es schon. Das konnten wir auch immer an den Einmachgläsern abzählen, die dann für den zweiten Schritt bereitstanden. Wenn alle Bohnen von ihrer Hülle befreit waren, wurden diese gewaschen. Die vollen Körbe mit den Hülsen trugen wir Kinder auf den Kompost. Die Bohnen wurden dann in Salzwasser weich gekocht. Das war meist die Aufgabe unserer Mutter, denn sie wusste die richtige Kochzeit und kontrollierte dies auch. Das Füllen der gekochten Bohnen in die Gläser war wieder die Aufgabe der Kinder. Im Haus, neben der Küche, mussten wir die sauberen Einmachgläser füllen und gut verschließen. Auch das wurde von unserer Mutter überwacht, wie konnte es anders sein? Eine Portion jedoch behielt sie immer am Tag der Ernte zurück. Denn zu einer „Dicke-Bohnen-Ernte" gehörte auch ein „Dicke-Bohnen-Gericht". Kartoffeln wurden geschält und gekocht. Dicke Bohnen mit Speck und deftiger Mettwurst gekocht – für jede Person eine, mehr war nicht drin. Die helle Soße gab es als Krönung obendrauf. Wenn ich in unserer Nachbarschaft, einem Bauern, von diesem Gericht erzählte, verzog dieser immer das Gesicht. „Was, du isst Saubohnen gerne?", fragte er mich. Darauf habe ich dann das Gesicht verzogen und fragte: „Wieso heißen diese Bohnen eigentlich Saubohnen?" „Ganz einfach, wir ernten diese und verfüttern sie an die Säue im Stall. – Schau dort!" Ich schaute hin und sah, wie die Säue genüsslich die dicken Bohnen verspeisten. Trotzdem hat das nie meine Begeisterung für das Gericht gemindert. Auch hier kenne ich einen Spruch aus dem Hunsrück: „Was dem Vieh schmeckt, schmeckt dem Mensch schon lange!" Wie wahr, ganz klar.

Stricken – eine links, eine rechts …

Und ja keine fallen lassen! Immer dieser Hinweis! Genau dann, wenn ich mich mit einem Wollknäuel und zwei Nadeln neben den Ofen setzen wollte und konnte. Angenehm warm, so mochte ich es, wenn es draußen stürmte und regnete! Der Herbst war die ideale Jahreszeit dafür, denn dann durften wir Kinder nicht nach draußen.

Also suchte ich eine andere Aufgabe – die sich auch schnell fand. Denn mit Stricken konnte ich mir einige Wünsche erfüllen. Den Wunsch nach einem neuen Pullover zum Beispiel! Oder sollte es doch vielleicht nur ein Schal sein? Dieses Mal hatte ich einen schönen Pullover in einer Zeitschrift für mich entdeckt. Was das Ganze schwierig machte, war, die passende Wolle zu kaufen. Die schönsten Modelle brauchten nicht nur eine bestimmte Wollmenge, sondern auch eine entsprechende Qualität. Und das war nicht gerade billig. Im ersten Schritt musste ich meine Mutter für meinen Wunsch begeistern. Mit Blick auf die Wollpreise holte sie mich meist auf den Boden der Realität zurück. „Die Wolle, wie sie im Heft steht, ist zu teuer! Wir können doch eine billigere besorgen, oder nicht?" Die Frage meiner Mutter war schon mehr eine Entscheidung. Was blieb mir anderes übrig, als zu sagen: „Ja, das ginge auch!"? Also gingen wir in den Wollladen im Städtchen an der Mosel. Und kauften – die billigere Wolle natürlich! Die Farbe war fast gleich, aber ja … Es war nun mal nicht die Originalwolle. Zu Hause angekommen, packte ich die Wollknäuel in eine Plastiktüte mit den passenden Stricknadeln. Ja, Sie lesen richtig! Passend, denn jede Wollstärke brauchte auch die passenden Stricknadeln.

An einem besonders trüben Novembertag – ich war schon früh mit meinen Hausaufgaben fertig – fing ich dann an. Ich legte mir das Heft vor mir auf den Tisch und einen fertigen, selbst gestrickten Pullover daneben. Nach den ersten Reihen fing ich an zu messen! Stimmt denn die Breite? – Ich zog an der Strickreihe und schaute. Dann nahm ich ein Blatt Papier und schrieb alles Wichtige auf. Wie, zum Beispiel, die Anzahl der Maschen, ab welcher Reihe ich wie viele Maschen dazustricken sollte, ab wann begann das Muster? Das Blatt wurde voller und voller. Aber es brachte mich zu meinem Ziel. Mit jeder Notiz konnte ich meinen Pullover schon vor mir sehen. Ich freute mich, wenn eine Nachbarin zu meiner Mutter zu Besuch kam und sich über „mein Stricken" äußerte. „Du strickst aber einen schönen Pullover!" war ein Satz, den ich nicht oft genug hören konnte.

Auch dann noch, wenn der Pullover irgendwann im Winter fertig war und ich ihn zum ersten Mal anzog. Bei der ganzen Arbeit blieb immer ein Satz in meinen Ohren: „Eine links, eine rechts, aber ja keine fallen lassen!" Sie wissen sicherlich auch, was sonst passieren würde!

Eine Schneeballschlacht ist lustig!

Nicht nur für die Jüngsten unter uns – auch die Erwachsenen haben Spaß daran, obwohl in den letzten Jahren nicht mehr so viel Schnee fällt wie in meiner Kindheit. Als Kind habe ich im Winter oft sehnsuchtsvoll nach draußen geschaut. Wenn die einzelnen Flocken, mal ganz dicht oder auch nur vereinzelt, vom Himmel fielen. Und besonders dann, wenn der Schnee schön nass war, dann konnte man ihn bestens für eine Schnellballschlacht verwenden. In der Schule selbst war es ja verboten, mit Schnellbällen um sich zu werfen. Doch standen wir erst einmal vor dem großen Schultor, konnte es losgehen. An einen Wintertag in meiner Kindheit kann ich mich noch gut erinnern. Vor uns gingen die Jungs in einer kleinen Gruppe. Wir Mädchen dahinter, vertieft in unsere Gespräche über den Unterricht und was uns sonst so wichtig war. Wie Mädchen nun mal so sind. Die Jungs dagegen sammelten auf ihrem Heimweg den Schnee ein und formten ihn zu kleinen Bällen. Plötzlich ließen die Jungen ihre Schultaschen fallen, drehten sich um und schon erwischte uns der erste Ball. Bei mir landete er am Arm, bei meiner Schulfreundin am Bauch. So ging es nicht – darauf mussten wir antworten. Wir stürzten uns auf die Schneemasse vor uns und mit den ersten Würfen Richtung Jungs war sie eröffnet: die Schneeballschlacht. Wir sammelten, formten und schleuderten die Bälle hin und her. Den einen traf sie am Rücken, den anderen am Bein. Wir hatten unser Vergnügen, es wurde gelacht, gekichert, gestupst und umarmt. Keine Umarmung, um einen warm zu halten! Nein! Die Jungen fanden das witzig, dem einen oder anderen Mädchen auch mal einen Schneeball in die Rückseite vom Pullover zu stecken. Kennen Sie das Gefühl? Wenn der Schnee schmilzt und ein zartes Bächlein ihr Unterhemd nässt. Daraus wurde meist ein frostiges Schütteln. Und manch einer war so von einem Schneeball überrascht, dass er oder sie in den Schnee fiel. Was die Bälle bis dahin nicht geschafft hatten, der Sturz ins weiße Feld tat es. Unsere Schulkleidung, am Morgen noch trocken und schön anzusehen,

war nun nass. Teilweise mit Flecken übersät. Auweia, wie bringe ich das nur meiner Mutter bei? Mit diesen sorgenvollen Gedanken bestieg ich dann den Bus, der uns zu unserem Dorf fuhr. Einen kleinen Vorteil hatte die Fahrt allerdings – wir konnten uns aufwärmen und etwas trocknen. Oben im Dorf angekommen, ging es durch den Schnee nach Hause. Kaum hatte ich unser Haus betreten, sah meine Mutter gleich, was geschehen war. „Wie siehst du denn aus? Bist du auf dem Eis ausgerutscht?" „Ich bin in den Schnee gefallen", lautete meine einfache Antwort. Das entsprach im Grunde der Wahrheit, jede weitere Einzelheit hätte nur ein Donnerwetter ausgelöst! Und sicherlich auch ein Verbot. Aber wollte ich das? Nein, wie schon am Anfang erzählt: Schnellballschlachten sind lustig! Da stimmen Sie mir doch zu, nicht wahr?

„Darf ich bitten?"

Mädchen im zarten Alter zwischen 13 und 16 träumen oft, früher jedoch anders als heute, das ist schon mal sicher! Wir, in unserer Jugendzeit, träumten von der ersten Einladung zu einer Feier, um mit einem netten Jungen im Walzerschritt über das Parkett zu schweben. Gekleidet in einem langen, wallenden Kleid mit den ersten Absatzschuhen – ach, wie wäre das schön! Damit Man(n) oder Frau sich nicht im Glanz der Lichter blamieren würde, musste fleißig geübt werden. Das ist heute noch so wie damals. Wo konnte man dies besser als in einer Tanzschule? In unserem Dorf gab es dies nicht. Doch die Tanzschule war in meinen Kindheitstagen sehr erfinderisch! Sie wählte den Saal einer Nachbargemeinde aus, wo während der dunkleren Jahreszeit fleißig geübt werden konnte. Ein Winternachmittag wurde dadurch zu einem Sommerabend.

Doch dieses Vergnügen konnten sich zu meiner Jugendzeit nicht alle Familien leisten, bei mehreren Kindern blieb oft nur die Qual der Wahl. Meist fiel dieses Glück der oder dem Älteren zu, wie auch in unserer Familie. Aus der Not machte ich eine Tugend und übte, wenn ich Zeit hatte, zu Hause oder ließ mir den Schritt von meiner tanzbegeisterten Tante erklären. Meine Schulfreundin Susanne hatte das Glück, die Tanzschule besuchen zu dürfen, und schwärmte mir morgens im Bus von ihren Lernerfolgen vor. Ja, lernen, denn auch tanzen will gelernt sein! Den Walzerschritt im Klang der Wiener Musik zu üben. Beim Cha-Cha-Cha auf die Schrittfolge sowie die korrekte Bewegung zu achten. Einen temperamentvollen Tango mit sittlichem Abstand zum Partner zum Leben zu erwecken. All dies gehörte dazu und musste fast bis zur Vollkommenheit einstudiert werden.

Denn die Krönung aller Mühen war der Abschlussball am Ort des Geschehens, wozu auch die Eltern eingeladen wurden. Der großer Saal festlich dekoriert, eine Musikkapelle gebucht, Getränke und kleine Häppchen für die Stärkung auf den Tischen verteilt. Die Tanzjungen trugen zu diesem

Anlass ihren Festanzug mit allem Zubehör. Die Mädchen hatten zu ihrem Ballkleid die passende Halskette von der Mutter geliehen bekommen, falls sie selbst keine besaßen. An diesem Abend eröffneten die Tanzschüler den Ball – in Reih und Glied standen sie sich gegenüber. Mit den Worten „Darf ich bitten?" wurde um die Hand der Tanzpartnerin gebeten und schon ging es los. Das ganze Lernprogramm wurde den Eltern präsentiert, die voller Stolz auf ihre Kinder blickten. Nach bestandener Aufführung und unter dem Applaus aller war der offizielle Teil beendet. Der Tanzreigen auch für die Eltern konnte beginnen. Alt und Jung schwebte über das Tanzparket und genoss den Abend und die Stunden. Man wusste ja nie, wann alle wieder die Gelegenheit hätten, ihre erworbenen Tanzkenntnisse zu präsentieren. Viele Möglichkeiten gab es auf dem Hunsrück nicht – vielleicht die nächste Hochzeit oder das Dorffest, aber könnte man dabei auch wieder diese Vielfalt tanzen? Ich glaube nicht, denn Hochzeit und Dorffest hatten oft ein festes Programm – was der Stimmung dennoch keinen Abbruch tat: Besser ein wenig als gar nichts!

„Der Zoch kütt!" – „Der Zug kommt!" – Rosenmontag

Was ist der Höhepunkt für jeden Jecken im Kölner Karneval? – Dreimal brauchen Sie nicht zu raten – Sie wissen es bestimmt! Wenn die drei Worte „Der Zoch kütt" zu hören sind mitten im Gewühl, dann kommt er – der Karnevalsumzug am Rosenmontag. Als ich ein Kind war und im Hunsrück lebte, hatte ich immer einen Wunsch: einmal im Leben in Köln dabei zu sein – dort am Straßenrand zu stehen! Nein, nicht nur, auch zu jubeln und zu feiern! Im Hunsrück war dies nicht zu haben – was uns Kindern blieb, war der Sitz vor dem Fernseher. Oder einen Rosenmontagszug im Moselstädtchen zu schauen.

In einem Jahr hatten meine Freundin und ich aus der Nachbarschaft Glück. Am Rosenmontag, wo wir auch noch schulfrei hatten, durften wir dabei sein. Doch das ging nicht ohne ein entsprechendes Kostüm. Also hieß es: überlegen und uns auf die Suche machen, denn viel kaufen konnten wir ja nicht. Eine Karnevalsfeier der Erwachsenen brachte uns die Idee: dieses Jahr als Chinesin zu gehen! Entsprechende Stoffreste waren bei der Nachbarin vorhanden. Eine Perücke hatte meine Mutter noch von meiner Schwester übrig. Eine Schärpe in Schwarz gehörte zu den einfachsten Sache, die hergestellt werden musste. Die Krönung waren dann die hübschen Fächer – wo meine Mutter die wohl aufgetrieben hatte? – Ich weiß es nicht mehr.

Das war auch gar nicht so wichtig. Sabine und ich waren am Rosenmontag perfekt als Chinesinnen verkleidet und freuten uns auf unseren Ausflug. Sabines Mutter brachte uns mit dem Wagen an die Mosel und versprach, uns gegen 18.00 Uhr wieder abzuholen. Unten angekommen, gingen wir auf die Suche nach einem günstigen Platz – nicht nur zum Gucken, auch zum Fangen. Wollten wir neben den Kamellen dieses Jahr doch auch mal etwas ganz Besonderes ergattern. Zum Beispiel ein Blumensträußchen (in Köln als „Strüßje" bekannt)! Wir schlängelten uns durch die Menschenmassen am Rand und hatten Glück! Direkt an der Begrenzung fanden wir einen guten Stehplatz.

Kurze Zeit später ging es los, die bunten Wagen tuckerten vorbei, dazwischen jede Menge bunte Gruppen – jede hatte ein anderes Thema. Als wir einen Wagen sahen, der unserer Verkleidung am nächsten kam, wurden wir aktiv. China stand dort im Mittelpunkt – wir sahen, was die Leute auf diesem Wagen ab und an unter die Leute warfen – ein gebundenes Sträußchen. Das war unsere Chance! Mit unseren hübschen Fächern winkten wir, machten ab und an ein Verbeugung, bis eine Frau, ebenfalls als Chinesin verkleidet, auf uns aufmerksam wurde. Sie hielt ein Sträußchen in ihrer Hand. Sabine zeigte mit der einen Hand zwei Finger und mit der anderen auf uns beide! Sollte das genügen?

Es genügte! Die Dame beugte sich nach unten und im Vorbeifahren griffen wir nach diesen Schätzen! Hurra, es hatte geklappt! – Unsere Freude war in jenem Moment kaum zu beschreiben. Doch bei aller Freude mussten wir unsere Schätze auch noch sicher über den Kinderkarneval nach dem Umzug bringen. Wie Königinnen betraten wir den Saal, bedienten uns an heißer Schokolade und Berlinern (auf Kölsch „Kreppel"). Mhmm, wie lecker! – Sabine und ich amüsierten uns prächtig – immer unsere Schätze im Auge. Doch wie so oft im Leben, hatte auch der schönste Nachmittag mal ein Ende. Pünktlich stand Sabines Mutter mit ihrem Wagen vor dem Eingang des Saales. Neben strahlenden Gesichtern erblickte sie auch die Blumensträußchen. Ihre Frage, wie das denn sein konnte, stand ihr ins Gesicht geschrieben. Konkret formuliert lautete sie: „Von wem habt ihr denn die bekommen?!"

Auch meine Mutter konnte sich das nicht erklären. Unsere Gesichter hinter unseren Fächern versteckt, mit einem breiten Grinsen und einem verschmitzten Lächeln auf den Lippen, lautete unsere Antwort schlicht und einfach: „Wir hatten halt Glück!" Unsere Mütter waren zwar verdutzt, dennoch glaubten sie uns! Und wir uns selbst auch!

Not macht erfinderisch!

Was tun, wenn Man(n) oder Frau kein Auto besitzt und es ist Winter? Mit Schneebergen links und rechts am Wege und auf den Feldern? Schuhe sind zu reparieren und für die Kinder neue zu kaufen – und das in einem Nachbardorf, gute fünf Kilometer von unserem Haus entfernt!

Darin war meine Mutter wirklich erfinderisch, besonders wenn die Schule noch nicht begonnen hatte. An einem von ihr ausgewählten Tag bekamen wir die Anweisung, unsere Schlitten am Morgen hervorzuholen. Wir bekamen die Aufgabe, die Kufen mit ein wenig Öl einzureiben und die Sitze von Staub und Unrat zu befreien. Wenn Sie jetzt meinen, dass unsere Mutter uns auf Schlitten zum Schuster ziehen wollte – weit gefehlt! Auf dem einen Schlitten wurden in Taschen die zu reparierenden Schuhe mit Seilen festgebunden. Auf dem anderen Schlitten band sie eine andere Tasche mit Kleinigkeiten zum Essen und Trinken – so ein Marsch durch hohen Schnee und über Felder macht ganz schön hungrig und durstig, das dürfen Sie mir glauben!

Das Mittagessen fand an jenem Tag vorsorglich eine halbe Stunde früher statt als üblich. Anschließend ging es los, in dicke Jacken und warme Stiefel gepackt, nahmen wir von Irmenach eine Abkürzung über die Felder. Denn wir wollten nicht den Autofahrern die Fahrbahn behindern. Hinter unserem Haus über Wege ins Nachbardorf, dort ein wenig nördlich aus dem Dorf heraus und weiter ging es über einen Hügel an Wäldern vorbei. Manchmal hoppelte ein Feldhase vor uns in den Wald zurück; ein anderes Mal sahen wir Spuren von einem Wildschwein – vom Schwein selbst war nichts zu sehen – puh, da hatten wir aber Glück gehabt! Nach gut 90 Minuten waren wir am Ziel und froh, wieder ein warmes Haus zu betreten. Die Schusterfrau nahm die zu reparierenden Schuhe entgegen; gab es mal einen besonders schwierigen Fall, wurde auch schon mal der Fachmann zu Rate gezogen. Beim Schuhkauf waren wir dann wieder allein. Einfach war ein Schuhkauf nicht, gab es doch manches zu bedenken! Möglichst lange sollten sie halten, teuer durften sie nicht sein, farblich nicht zu bunt und zu guter Letzt sollten sie uns Kindern auch gefallen. Nach etlichem Hin und Her freuten sich mein Bruder und ich über je ein neues Paar Schuhe. Die Bezahlung erfolgte in jenen Tagen in bar und die Reparatur musste auch schon im Voraus gezahlt werden. Da werden Sie sicherlich verstehen, dass ein solcher Kauf immer nur am ersten des Monats stattfinden konnte, wenn der Lohn unseres Vaters auf dem Bankkonto war.

War dann alles Geschäftliche erledigt, brachte uns ein Blick auf die Uhr im Geschäft in die Wirklichkeit zurück. Was – schon so spät? Es war bereits halb vier! Jetzt hieß es unsere Einkäufe auf die Schlitten packen und los ging es, wollten wir vor der Dunkelheit wieder zu Hause sein. Ich war schon müde von dem Hinweg und hätte mich am liebsten ziehen lassen. Doch alles Quengeln und Betteln half nichts – da mussten mein Bruder und ich durch. Waren wir dann endlich müde und erschöpft zu Hause angekommen, die Schlitten verstaut und die Winterkleidung gegen bequeme Hauskleidung getauscht, hielt uns nichts mehr. Nichts wie ab auf das Sofa ins warme Wohnzimmer. Dort blieben wir – nur der Ruf zum Abendessen konnte uns zur Aufgabe der bequemen Lage bewegen.

Der Weckmann mit Pfeife – Nikolaustag

Der Weckmann mit Pfeife – er gehörte zum Nikolaustag wie der Weihnachtsmann zu Weihnachten. Im Bergischen hat diese nette Figur noch einen viel passenderen Namen: Hellijemannskälsche – was die Figur wesentlich besser in ihrem Aussehen beschreibt. Als ich noch Kind war, hatte diese leckere Hefefigur etwas in sich, was mich ab und an zum Nachdenken brachte: Was sollte diese kleine Keramikpfeife im Weckmann? Wenn ich mir heute auch nicht mehr so viele Fragen darüber stelle – in meiner Kindheit hatte ich mit dieser Figur immer das Gefühl, etwas Besonderes bekommen zu haben, zum Beispiel nach einem anstrengenden Abend von Schuheputzen und Bravsein. An eine besondere Nacht, in der es schon früh anfing zu schneien, stellte ich mich nach getaner Arbeit ans Fenster und schaute den Flocken zu. Doch nicht nur das – ich wollte ja auch den Nikolaus entdecken und hoffte darauf, Spuren in der weißen Pracht zu finden.

Am anderen Morgen jedoch war von einer Spur nichts zu sehen. Wie schade! Doch ein Trost blieb! Aus meinen Schuhen blickte nicht nur ein Schoko-Nikolaus, sondern auch der Weckmann, der herrlich nach Hefe duftete. Bevor ich die Rosinen aus seinem wohlgeformten Gesicht nahm, nahm ich erst die Pfeife in Empfang, säuberte sie, tat etwas Blättriges hinein und rauchte. Wenn auch nicht wirklich. Aber dieses Gefühl zu haben, mit etwas Außergewöhnlichem aufzufallen, konnte vieles übertrumpfen. Dann wagte ich mich auch mal, meine Mutter nach dem Grund für die Pfeife im Weckmann zu fragen. Ihre Antwort „Die gehört dem Nikolaus!" ließ mich nur noch weiter nachdenken, der heilige Mann wird doch wohl nicht rauchen? Es reichte ja damals schon, dass ich meinen Vater mit einer Zigarette und andere mit einer Pfeife sah; was ich mir aber gar nicht vorstellen konnte, war der Nikolaus mit einer Raucherpfeife! Im Laufe meines Lebens wurde mir vieles über die Bedeutung der Pfeife klar. Sie ist das Symbol für den Bischofsstab des heiligen Nikolaus. Dieser Satz rückte meine Meinung über den heiligen Mann wieder ins rechte Licht.

In meiner Seele tat es mir dann immer weh, wenn ich daran erinnert wurde, diesen Mann, der mir ja so gut gefiel, aufessen zu müssen. Wenn auch nur seine Kopie in Form des Weckmanns. Ich überlegte dann jedes Jahr: Nehme ich zuerst seine Beine, schneide sie auf und bestreiche sie mit Butter und Marmelade oder nehme ich doch als Erstes den Kopf? Danach einen Weckmann zu haben mit Bauch, aber ohne Kopf, das ging auch nicht. So entschied ich mich meist für die Beine als Erstes, und wenn ich dann den Mann ganz verspeist hatte, hoffte ich, baldmöglichst einen neuen zu bekommen. Doch dafür musste ich jedes Mal ein ganzes Jahr warten – heute immer noch! Eine richtige Geduldsarbeit!

Barbaratag bringt Glück ins neue Jahr!

Der Dezember hat mehr zu bieten als Nikolaustag und Weihnachten. Am 04. Dezember, zwei Tage vor St. Nikolaus, wird an eine andere Person erinnert, an die heilige Barbara.

Ich fand es immer interessant, dass meine Mutter gerade an diesem Tag mit mir als Kind spazieren ging. Wir gingen nicht durch das Dorf, sondern direkt in die Nähe unseres Baches oder in den nahe gelegenen Wald. Sie steckte sich meist eine Gartenschere ein und eine kleine Tasche. „Wozu denn das?", wollte ich von ihr wissen. „Wir haben heute St. Barbara", gab sie zur Antwort. „Wir gehen in den Wald und suchen nach Kirsch- und Forsythienzweigen und schneiden diese ab. Zu Hause stellen wir sie dann in die Vase." Ich war überrascht und fragte mich, wozu man im Winter nach Zweigen suchte. Ein Rätsel für mich als Kind. Ich ging mit und schaute meiner Mutter zu, wie sie die Zweige an den Bäumen betrachtete. Wenige ausgewählte Zweige fanden ihren Zuspruch. Wir nahmen sie mit und, wie bereits angekündigt, stellte meine Mutter sie in eine Vase in unser Wohnzimmer. Als sie ihren Platz gefunden hatten, fragte ich weiter. „Warum stellst du die Zweige in die Vase?" „Das ist eine lange Tradition", begann meine Mutter zu erzählen. „Wenn die Zweige an Weihnachten blühen, werden wir nächstes Jahr Glück haben." „Das ist interessant", antwortete ich und nahm mir vor, jeden Tag diese Zweige zu betrachten. Meine Mutter vergaß nie, das Wasser in der Vase zu wechseln, sodass es dem Glücksbringer immer gut ging.

Dann war er da, der 24. Dezember, ein Tag, der neben dem Weihnachtsabend auch der Geburtstag meines Vaters war. Viele Menschen aus der Nachbarschaft und von der Verwandtschaft kamen zu Besuch. Die Vorbereitungen für das Fest beschäftigten uns alle. Als ich mal wieder ein paar Brotschnitten zu den Gästen ins Wohnzimmer stellte, blickte ich kurz auf die Zweige. Wirklich, die Forsythienzweige hatten einige zarte, gelbe Blüten hervorgebracht. Meine Mutter hatte recht behalten. Der Glücksbringer war da, so konnte uns im neuen Jahr nichts passieren. Ich war glücklich über diese Entdeckung und sagte dies auch meiner Mutter.

Verständlich, dass auch die Bergleute sich die heilige Barbara als Schutzpatronin ausgesucht haben. Auch wenn der Bergbau nicht mehr so aktiv ist wie in den Jahren meiner Kindheit, werde ich heute noch an diesen Tag erinnert. Denn in dem kleinen Städtchen in Frankreich, wo ich lebe, ziehen die Bergleute und Feuerwehrleute durch den Ort und gedenken der heiligen Barbara. Vielleicht ist dies auch mit ein Grund, warum ich mich in meiner französischen Heimat wohlfühle – was meinen Sie?

Regentage – Segenstage

Der Herbst und auch der Winter haben etwas gemeinsam, wenn auch nicht oft. Graue Wolken am Morgen, der Tag beginnt mit Regen! Feine Regentropfen klopfen an die Fensterscheiben. In den Straßen sind Pfützen zu sehen – ein Tag grau in grau.

Als Kind musste ich mich damit abfinden – in der Zeit von Schule und Hausaufgaben war dies leicht. Doch wenn diese Regentage in den Ferien vorkamen, musste ich mir etwas ausdenken.

Als ich noch nicht selbst alles lesen konnte, gab es in unserer Nachbarschaft eine ältere Dame, die ich Oma nannte. Sie hatte auch etwas für Omas Typisches an sich: Sie trug immer schwarze Kleidung, ihr Rock ging ihr bis zu den Füßen. Über dem Rock trug sie meist eine weiße Bluse, die sie durch eine schwarze Weste schützte. Auf der Nase trug sie eine Brille und um ihren Hals band sie ein schwarzes Tuch. Sie saß meist in einem großen Ohrensessel in der Nähe eines Ofens. Ich fand ihr Zimmer immer sehr gemütlich; auf einem Regal standen noch Fotos vom verstorbenen Ehemann, von Kindern und Enkelkindern. Sie zu besuchen, besonders an solchen Regentagen, fiel mir leicht. Ich nahm dann unser „Grimms Märchenbuch" und schlich mich zu ihr hin.

Sie war stets froh und glücklich, wenn ich zu ihr kam. „Claudia, schön, dass du mich heute wieder besuchst! Möchtest du ein Plätzchen? – Hier ist die Keksdose." „Danke, Oma, das Plätzchen ist lecker!", bedankte ich mich artig bei ihr. „Welche Geschichte soll ich dir denn heute vorlesen?", fragte sie mich. „Ich würde gerne wieder die Geschichte vom Aschenputtel hören – liest du sie mir bitte vor?" Sie tat es, sie tat es gern und richtig gut, sodass ich mir jede Handlung der Geschichte vorstellen konnte. Manchmal unterbrach ich sie auch, wenn mir Aschenputtel zu sehr leidtat. „Was muss das arme Aschenputtel alles ertragen!", sprach ich Oma an. Sie schaute mich an und strich mir über die Wange. „Die Geschichte wird gut enden, auch für Aschenputtel!" So war es auch und ich war

glücklich – Aschenputtel durfte trotz aller Mühen am Schluss den Königssohn heiraten und die bösen Schwestern wurden bestraft. Das Buch, das ich stets zu der Oma mitbrachte, hatte schon so manche Lesestunde überstanden. Das sah man ihm auch an, aber es war für mich stets das schönste Märchenbuch.

War ich mal länger an einem Regentag bei ihr, setzte sie sich nach einer Lesestunde mit mir an ihren kleinen Tisch, der neben ihrem Sessel stand. Wir spielten das Spiel „Mensch ärgere dich nicht!" – so oft, bis irgendwann die Dämmerung aufzog. Das war für mich das Zeichen, nach Hause zu gehen. Ich musste ja immer pünktlich zum Abendessen daheim sein. Diese Vorlesestunden bleiben mir in bester Erinnerung! Denn an diesen Nachmittagen gab es immer zwei Menschen, die glücklich waren, Oma und ich!

Post zu Weihnachten im Dorf!

Einige Tage vor Weihnachten kam der Briefträger mit Post für uns fast täglich vorbei. Oft waren es Weihnachtskarten von der Verwandtschaft. Ab und an war auch ein kleines Päckchen mit einem Geschenk darunter. Die viele Post konnte der Briefträger nicht in seinem Postsack tragen, dafür war es zu viel und zu schwer. So hatte er für die Weihnachtszeit meist einen kleinen Handwagen dabei. Gelb angestrichen wie die Postfarbe, das Postzeichen durfte zur Bestätigung nicht fehlen.

Besonders hart war sein Dienst am 24. Dezember. Wenn Sie jetzt glauben, dass er an diesem Tag mehr Post zu verteilen hatte als an den Tagen davor, dann irren Sie sich. Die Menge war fast die gleiche. Aber er musste gut in Form sein. Nicht nur, weil es an Weihnachten noch richtig kalt war, mit Schnee auf den Straßen und vor den Häusern, sondern auch wegen des Weihnachtsgetränks für den Briefträger. Ja, so nannten wir es, der Inhalt im Glas konnte sich schon mal ändern. Ich erinnere mich noch genau an den 24. Dezember. Meist war es schon Mittag, wenn er endlich zu uns kam. Wir hatten unser Haus am Dorfausgang. So hatte er schon viele Häuser vor uns besucht und hatte als Getränk einen „Klaren" = Schnaps oder Cognac ausgeschenkt bekommen. In kleinen Gläschen zwar, aber bei der Menge der Haushalte, die dem Briefträger das anboten, kam schon einiges zusammen. Da musste er auch mal Nein sagen. Bei uns ging das nicht. Denn der 24. Dezember war bei uns nicht nur Heiligabend, sondern auch der Geburtstag meines Vaters. Allein schon deswegen bot er dem Briefträger als Dankeschön einen Schnaps an. Mein Vater und der Briefträger standen in unserem Hausflur. Mit den Worten „Ich habe kaum Zeit heute!" versuchte der Postmann die Gabe abzulehnen. Doch er hatte keine Chance – nicht bei einem Doppelfest wie bei uns. Also bedankte er sich, nahm das Gläschen und trank. Ich beobachtete den Mann dabei genau. Rote Wangen hatte er schon. Sicherlich nicht nur von der Kälte, sondern auch von all den Weihnachtsgetränken, die er schon geschluckt hatte. Nachdem das Glas leer war, gab er es meiner Mutter zurück. Er griff nach seiner Posttasche, die auf dem Boden stand. Der erste Griff ging daneben. Also erneut, noch einmal zur Tasche beugen, der zweite Versuch klappte. Mein Vater öffnete die Haustür, der Briefträger ging wieder nach draußen in die Kälte. Ich schaute ihm hinterher. Er ging, nein, heute schwankte er mehr zu seinem Handwagen. Und setzte seinen Dienst fort. Ich habe mich als Kind oft gefragt, wie dieser Mann das schaffte. All die vielen Gläschen zu trinken, die Post richtig zu verteilen und den Weg zu sich nach Hause zu finden!

Aber nach Weihnachten, wenn der Briefträger meist verspätete Weihnachtspost zu uns brachte, war alles wie sonst. Keine roten Wangen, kein Alkohol, nur die übliche Frage: „Guten Morgen, Weihnachten gut überstanden?" Und meine Eltern antworteten dann: „Ja, alles gut – und bei Ihnen?"

Silvesterfeier im kleinen Kreis

Ein Jahr, wie immer es auch verlaufen sein mag, neigt sich dem Ende zu. Und das neue Jahr muss richtig begrüßt werden, damit es auch ein glückliches Jahr wird. So haben es stets meine Eltern getan – mit den Möglichkeiten, die sie hatten. Mit einem besonderen Essen, meist Würstchen mit Nudelsalat und Käse. Mit uns Kindern am Tisch gesessen, anschließend einen Film geschaut und um Mitternacht durfte ein Schluck Sekt zur Begrüßung des neuen Jahres nicht fehlen.

Diese Tradition gefiel auch einer Freundin meiner Mutter aus Bergisch-Gladbach, die Ende der 70er-Jahre bei uns im Nachbarort zwischen Weihnachten und Neujahr Urlaub machte. Sie suchte sich zusammen mit ihrem Mann eine kleine Pension aus, um bei langen Spaziergängen ein wenig die Gegend zu erkunden. Bei deren Besuch vor Silvester wurde auch die Frage nach der Feier zum Jahresende gestellt. Wir wussten ja, was uns zu Hause erwartete. Aber die Freundin und ihr Ehemann wussten dies noch nicht. So waren beide glücklich, als meine Mutter meinte: „Dann kommt doch zu uns, wir essen ein wenig, schauen eine Sendung im Fernsehen an und um Mitternacht stoßen wir auf das neue Jahr an!" „Klingt gut – danke für die Einladung!", war auch prompt deren Antwort. Beide sollten so gegen 19.00 Uhr bei uns sein. Halt, da war aber noch ein Problem! Wie sollte die Freundin mit ihrem Mann nachts wieder in die Pension kommen? Mit dem eigenen Auto wäre dies wohl nicht möglich, nicht nach einigen Gläsern herrlichen Mosel-Weines. Meine Mutter organisierte auch das. Meine Schwester, die eh an Silvester einer Nebenbeschäftigung als Kellnerin nachging, wurde beauftragt, als Fahrdienst tätig zu sein. Das klappte, so war das Ehepaar pünktlich zum Silvesteressen bei uns zu Hause.

Damals waren die letzten Tage im Jahr noch richtig kalt und weiß, nicht wie heute. Wie schön war es dann, wenn wir nach dem Essen alle in unserem Wohnzimmer saßen. Der Ofen brachte den Raum auf eine gemütliche Wärme, die Gäste nahmen auf dem Sofa oder im Sessel Platz.

Die Getränke wurden gereicht, das Fernsehen zeigte einen Film, der den einen oder anderen zum Lachen brachte. Die Stimmung war angenehm, sodass keiner von uns auf die Uhr schaute. Hätte der Sprecher im Fernsehen nicht rechtzeitig die wenigen Minuten bis zum Neujahr angekündigt, hätten wir es kaum mitbekommen. Nicht in unserer guten Stube. Doch es gab noch eine andere Ankündigung. In unserer Nachbarschaft wurden um Mitternacht die Silvesterraketen gestartet, die leuchtend über den Straßenhimmel zogen. Bekleidet mit festem Schuhwerk und Jacke gingen wir auch nach draußen und riefen den Nachbarn „Frohes, gesundes neues Jahr!" zu. Grüße wurden erwidert und ein paar Worte gewechselt. Dann ging es rasch wieder hinein. In unserem Wohnzimmer war es gemütlicher. Außerdem wünschten sich unsere Gäste noch ein Glas zum Abschluss der Feier. Denn für 1.00 Uhr am Neujahrsmorgen war der Fahrdienst eingeplant. Mit ein wenig Verspätung, welch Glück, stand meine Schwester mit ihrem Auto als Taxi vor der Haustür. Wenn das keine gut organisierte Silvesterfeier war!

Berliner – oh, wie lecker!

Fasching oder Karneval – jede Region hat für diese „fünfte Jahreszeit" ihren typischen Namen. Zu diesem Ereignis zählt der Rosenmontag, der Umzug und so manches schöne Kostüm. Was aber bei vielen Menschen in jenen Tagen gerne gesehen und gesessen wird, ist der Berliner. Luftige Hefebällchen, in Fett gebacken, mal mit Marmelade gefüllt, mal ganz ohne. Auf jeden Fall immer lecker!

Da konnte auch meine Mutter nie widerstehen. Wenn die ersten Helau- und Alaafrufe zu hören waren, hieß es für sie: Dienst in der Küche! Zuerst schickte sie uns Kinder zum Bäcker, um die Hefe zu besorgen. Wieder zu Hause, bereitete sie den Hefeteig vor. In die Nähe, aber nicht auf den Kohleherd gestellt, damit die Wärme ihren Dienst tat. Den Teig steigen, oder wie man auch sagte, gehen lassen. Hatte er dann die richtige Höhe erreicht, rollte ihn meine Mutter mit dem Nudelholz fingerdick aus. Mit einer Tasse, die sie dann speziell für diese Backarbeit ausgesucht hatte, stach sie die runden Formen für den Berliner aus! Einen für unten und einen für oben! In die Mitte ließ sie einen Klecks Marmelade fallen und setzte dann zwei Teile aufeinander. Die mussten dann mit Eiweiß verklebt werden, das war meist die Arbeit von uns Kindern. Doch ohne Kontrolle ging bei meiner Mutter auch hier nichts. Jeder Berliner wurde von ihr überprüft. War unsere Arbeit gut gelungen, durften die Berliner noch eine Weile ruhen. Sie wurden auf ein Tablett wieder in die Nähe des Kohleherdes gestellt.

Nach einer Weile hatte unsere Mutter auch das Fett auf die richtige Temperatur gebracht. Mit einem Schaumlöffel wurde jeder einzelne Berliner in das Fett gelegt und mehrmals gewendet. Hatte der Berliner die richtige Farbe und war aufgegangen, wurde er neben dem Topf in ein Sieb gelegt. In einer Schüssel hatte meine Mutter noch den Puderzucker gesiebt, der die Krönung bilden sollte! Wir Kinder konnten es nie erwarten, den ersten Berliner zu probieren. Je mehr Berliner in dem Abtropfsieb lagen, umso häufiger schlichen wir dann auch um unseren Küchentisch herum. Endlich, nach einer für uns endlosen Stunde lag das erste fertige Exemplar auf dem Backpapier. „Dürfen wir den ersten Berliner probieren?", war unsere ungeduldige Frage. Und da ja Karnevalszeit war, hatte unsere Mutter ein Einsehen. „Ja, aber nur einen, den Rest wollen wir ja alle am Wochenende essen!" Schwups an die Schüssel und wir griffen zu, mein Bruder und ich teilten uns das tolle Backwerk. „Mhmm, lecker, schade, dass wir heute nur einen essen dürfen, jetzt müssen wir noch zwei Tage warten bis auf den nächsten!" Denn heute war ja erst Donnerstag, wenn auch Weiberfastnacht!